Kiste voller Kapriolen

KAREN SELL

Kiste voller Kapriolen

Noch mehr Geschichten zum Schmunzeln

Lektorat und Korrektorat: Sascha R. Sell

Satz, Umschlaggestaltung und Verlag: BoD · Books on Demand
GmbH, In de Tarpen 42, 22848 Norderstedt
Druck: Libri Plureos GmbH, Friedensallee 273, 22763
Hamburg

ISBN: 978-3-7693-7195-6

Inhalt

1

Wenn Gardinen den Blutdruck in die Höhe treiben

Ich ziehe bald um. Näher an die Familie. Ich verspreche mir jede Menge Vorteile davon. So kann mir meine Mama mal schnell einen Teller Hühnersuppe bringen, wenn ich mit Schniefnase im Bett liege – oder umgekehrt. Ich werde nicht mehr so weite Wege haben, wenn ich Papa die Haare schneide – oder umgekehrt (äh, eher nicht umgekehrt). Ich kann meine drei Erdbeeren und vier Tomaten ernten, sobald sie reif sind, und nicht erst, wenn ich zufällig mal im Garten bin. Vielleicht werde ich abends spontan mit meinem Lieblingssohn eine Motorradtour machen oder mit meiner Lieblingsschwester ein Bier auf ihrer Bierbank trinken.

Doch, es ist schön, die Familie in der Nähe zu haben.

In unserer Familie gibt es jede Menge Allesimblickhaber*innen. Meine Mama führt diese Gruppe – zu der ich nicht gehöre – an. Ich gehöre zur Gruppe der Traumtänzer*innen, das ist die kreative Gruppe für die schöngeistigen Aktivitäten, Luftschlösser bauend und Wolken anguckend. Ich bin die einzige Teilnehmerin.

Während ich inmitten all meiner Aktivitäten noch ein wenig zögere, ob es wirklich eine gute Idee ist, umzuziehen, hat meine alles im Blick habende Mama meine

Entscheidung mit einem einzigen lapidaren Satz zementiert. Ich berichte gleich davon.

Ich muss sagen, ich habe gern über den Dächern der Landeshauptstadt gewohnt, ein Stück weit auch die Anonymität genossen, an die ich mich anfangs erst gewöhnen musste. Sie ist längst gewichen. Inzwischen beobachtet Roberto von seinem Balkon aus, ob ich pünktlich nach Hause komme. Bibi schickt mir Whatsapp-Nachrichten, Sarah bringt mir Kuchen, der Paketbote duzt mich und ich kenne die Hunde aus der Nachbarschaft mit Namen. Also gar nicht anders als auf dem Dorf.

So ein Umzug bringt gemeinhin viel mehr Chaos und Arbeit mit sich, als ich angenommen hatte. Ich hatte es mir wie Kofferpacken vorgestellt. Aufräumen, dafür sorgen, dass alle Sachen sauber in den Schränken sind und dann nur noch Koffer auf, Koffer packen, Koffer zu, fertig. So sollte es mit dem Umzug auch sein. Aufräumen, Schränke auf, Kisten packen, Schränke zu und los. Vollkommen unterschätzt habe ich dabei die Menge der Kartons, die es zu packen galt, und ich habe dabei durchaus den Vorsatz beherzigt, schon mal auszusortieren. Nun muss man wissen, dass es bei mir nicht allzu viel auszusortieren gibt. Teller, Töpfe, Tassen habe ich nicht viel mehr als nötig, Hosen, Hemden und Hoodies auch nicht. Schönes Porzellan habe ich, okay, aber das hat ohnehin meine Freundin Kathrin eingepackt, damit es wenigstens eine Chance gibt, dass es heile ankommt.

Ich muss mich um mein Papier kümmern. Und was habe ich alles an Papier! Das wusste ich gar nicht. Ehrlich. Da sind nicht nur Ordner und Akten, ich habe Notizbücher, Kladden, Schnipsel, beschriebene Zeitungsränder,

Tagebücher, Alben, Post-Its, Collegeblöcke und lauter lose Zettel. Alles ist wichtig, megawichtig sogar. Jede Menge Ideen habe ich festgehalten und aufgeschrieben, wenn mein Brain gestormt hat, flugs notiert, was mir in den Sinn kam. Alles, aber auch alles werde ich noch brauchen, um eines Tages den Hammer-Bestseller des Jahrhunderts zu schreiben. Das kann nicht weg. Das füllt Kisten, Umzugskisten in hohen Stapeln. Was für ein Aufwand. Was das an Zeit und Energie kostet, und ich hab nicht einmal Urlaub genommen.

Da bleibt keine Zeit für Belanglosigkeiten, keine Sekunde ist übrig. Seit Wochen wetze ich wie ein aufgescheuchtes Huhn zwischen Arbeit, alter Wohnung und neuer Wohnung hin und her. Ich bin mega gestresst, meine Beinmuskeln sind vom Pesen verkatert, meine Arme vom Schleppen lahm, meine Augen dauermüde, mein Blutdruck hoch und meine Reizschwelle niedrig, sehr niedrig, mitunter extrem niedrig.

Und dann kam Mama.

Ich hatte nach einem anstrengenden Arbeitstag noch Regalbretter geschleppt, Schrauben geschraubt, Kisten treppab- und treppauf bugsiert und lehnte atemlos im dritten Stock an meiner Nochwohnungstür und wollte nur noch ungeduscht ins Bett plumpsen, als Mama anrief und lapidar diesen allen entscheidenden Satz fallenließ. Sie meinte, ich könnte doch schon mal Gardinen in der neuen Wohnung ans Fenster hängen, dann sähe es dort nicht so unbewohnt aus und die Leute würden sich nicht wundern. Sie meinte es gut, lieb und nett. Sie konnte ja nicht wissen, dass sie mich in einem Moment erwischt hatte, als meine Frustschwelle unterhalb des Teppichflors gesunken war, um nicht zu sagen extrem superkalifragilistischexpialigetisch niedrig war.

Gardinen! Na klar. Ich spürte, wie sich eine knallrote Zornesfalte auf meiner Stirn bildete.

»Ja, Mama«, giftete ich. »Dann kommen da jetzt Gardinen ran.«

Gleichzeitig erschöpft und wütend stieß ich mich von der Tür ab, hetzte ins fast leere Arbeitszimmer, stieß beinah den Wäscheständer voller Schlüpper, Hemden und Socken um. Grantig riss ich die Scheibengardinen mit Stange vom Fenster, rannte die Treppen runter, hechtete ins Auto und brauste los, nicht ohne meine Mutter von jedem Schritt meines Tuns zu unterrichten.

»Kind, so habe ich das doch gar nicht gemeint.«

Wusste ich eigentlich auch. Liegt allerdings die Frustschwelle unter Teppichniveau, trübt das die Sinne. Wer kennt das nicht? Ich also ab in die neue Wohnung. Gardinen auf die Stange, Klemmschiene an den Rahmen und basta. Der Stoff baumelte, die Wohnung sah nicht mehr unbewohnt aus und der Blutdruck war noch höher.

Ein Wunder, dass mich meine Beine an diesem Tag noch ein letztes Mal in den dritten Stock gehievt haben.

Die Nacht verbrachte ich im Delirium.

Am Morgen danach wusste ich nichts mehr. Ich räkelte mich wohlig, duschte ausgiebig, rubbelte mich trocken, putzte Zähne und fühlte mich wie neugeboren. Mit mir und der Welt im Reinen tänzelte ich im Eva-Kostüm ins Arbeitszimmer, um mir einen Schlüpper vom Trockner zu pflücken. Erst jetzt setzte mein Erinnerungsvermögen wieder ein.

Ach.

Die Gardinen.

Die waren ja weg.

Ich weiß nicht, wie lange ich zur Salzsäule erstarrt aus

diesem Fenster glotzte, in das man nun auch problemlos hineinglotzen konnte. Ich weiß nur, dass die Häuser in der Stadt sehr nah beieinander stehen.

Nun gibt's kein Zaudern mehr.

Die Entscheidung, umzuziehen, steht, fest und erdverwachsen wie eine sturmfeste, niedersächsische Eiche.

2

Das S-Wort

Meine Lieblingskollegin Andrea hatte Post bekommen von der Landeshauptstadt. Sie machte ein ziemlich betrübliches Gesicht, als sie mir den Brief mit spitzen Fingern reichte. Ich befürchtete sofort, dass er schlechte Nachrichten enthielt oder womöglich kontaminiert war, mit mieser Laune vielleicht, wenn ich so in Andreas Gesicht blickte.

»Was soll ich damit?«, fragte sie mich angewidert, als sei ich der Absender des Briefes. Sensationslustig zog ich das Schreiben aus dem Umschlag und faltete es auseinander und dann konnte ich mich nicht mehr halten. Ein Lachanfall schüttelte meinen ganzen Körper durch. Andrea wurde formvollendet aufgefordert, an der Wahl zum Seniorenbeirat der Stadt Hannover teilzunehmen. Ich hatte keine Ahnung, was meine zwei Jahre jüngere Kollegin prädestinierte, die Zusammensetzung dieses wichtigen Gremiums zu beeinflussen. Wonach werden eigentlich die Wahlfrauen und Wahlmänner ausgesucht? Hat es etwas mit Lebensstil, physischer und psychischer Verfassung zu tun? Wie auch immer, irgendetwas musste meine Kollegin auszeichnen, dass die Senioren unserer Stadt ihr den Schneid zutrauen, energisch die Interessen der Alten zu vertreten. Auf irgendeine Art und Weise musste Andrea also eine sehr nahe Nähe zu dieser Bevölkerungsgruppe haben.

Senioren. Wie definiert man dieses S-Wort überhaupt. Ich kam den ganzen Tag nicht mehr aus dem Kichern heraus, stellte mir vor, wie Andrea mit dem Krückstock beim Oberbürgermeister auf den Schreibtisch haute, um endlich die ... das ... den ... ja, was eigentlich einzufordern. Ich selbst bin so weit von den Alten entfernt, dass ich überhaupt keinen Schimmer habe, was die so wollen oder brauchen.

Dann geschah es aber im Laufe des Vormittags, dass meine Kollegin missmutig vor dem Computer hockte und wild fluchend versuchte, ihm wichtige Informationen zu entlocken.

»Karen!«, rief sie verzweifelt. »Hilf mir mal!«

Souverän trat ich hinter sie, sah ihr über die Schulter, griff zur Maus und zauberte mit wenigen Klicks die gewünschte Info auf den Bildschirm. Man muss halt mit der Zeit gehen, sich mit neuen Technologien beschäftigen, den Jugendlichen auf die Finger schauen, sich für die Welt interessieren, fit bleiben im Kopf. So läuft das. Dann muss man sich auch nicht mit Einladungen zur Wahl von Räten beschäftigen, die weiter von einem weg sind als der Regiomontanus, mein Lieblingsmondkrater, nach dem deutschen Astronomen Johannes Müller benannt. Ja, so etwas weiß man, wenn man geistig rege und rüstig durchs Leben geht.

»Computerkurse für Senioren«, feixte ich hämisch und stieß Andrea übermütig in die Rippen. »Gibt's viel zu wenig ... solltest du dich für einsetzen in deinem neuen Gremium!«

Dann suchte ich schleunigst das Weite. Man weiß ja nie, wozu Seniorinnen so fähig sind, wenn sie provoziert werden.

Den Rest des Arbeitstages verbrachte ich sehr beschwingt

und mein Grinsen wuchs mit jedem Blick in Andreas vor Unbill zerknittertem Gesicht.

Zwei Tage später zog ich einen Brief der Landeshauptstadt aus meinem Briefkasten. Grau, DIN A lang, mit Fenster.

Ich kann angemessen damit umgehen, wenn mich das Schicksal ereilt. Also auch an diesem Tag. Offensichtlich ist das S-Wort sowieso nur an das Geburtsjahr gekoppelt. Wenn das so ist, ist das so. Ich beschloss, vorbereitet zu sein, wenn ich Andrea gestehen musste, dass auch ich eine Wahlaufforderung bekommen hatte. Sehr sorgfältig überlegte ich mir, was ich für die Alten der Stadt, also die junggebliebenen Alten, wie mich zum Beispiel, einfordern könnte. Eine makellose und ebene Babypopo-Asphaltdecke rund um den Maschsee zum Beispiel, zum eleganten, butterweichen Skaten. Genau!

»Das ist doch nichts für Senioren«, widersprach Andrea.

»Woll!«, konterte ich. »Ich bin ja nicht mehr zwölf, kann nicht mit Inlinern über jede Baumwurzel hüpfen, aber rasant rasen kann man ja wohl auch als Seniorin noch.« Ich betonte das S-Wort mit Genuss. Andrea verdrehte die Augen und verschwand.

Tja, dachte ich hochmütig, es gibt so 'ne und so 'ne.

Aber dann kamen wir nicht mehr dazu, uns noch intensiver der S-Problematik zu widmen. Die Arbeit rief, die Menschen standen Schlange.

Als mein erster Kunde fünf große gelbe Kisten auf meiner Waage stapelte, ahnte ich Übles. Massensendungen werden nur selten bei uns eingeliefert. Er legte seine sorgfältig ausgefüllten Formulare vor mich hin und sah mich erwartungsvoll an. Ich sah fragend zurück – und grübelte. Wie war doch gleich das Kürzel für die Annahme von Dialogpost? Ich tippte verschiedene Variationen vierstelliger Zahlenkombinationen in meinen Computer, aber keine führte zum gewünschten Ergebnis. Missmutig verzog ich mein Gesicht, immer diese dämlichen Abkürzungen.

»Andrea!«, rief ich verzweifelt. »Hilf mir mal!«

Souverän trat sie hinter mich, sah mir über die Schulter, tippte vier Ziffern in der richtigen Reihenfolge ein und zauberte die gewünschte Eingabemaske auf den Bildschirm.

»Gedächtniskurse für Senioren«, feixte sie ausgesprochen und absichtlich ganz besonders hämisch und stieß mir übermütig in die Rippen. »Gibt's viel zu wenig ... solltest du dich für einsetzen in deinem neuen Gremium!«

———

3

Origami

Wir wissen es doch alle: In der Schule werden Dinge gelehrt, die kein Mensch braucht. Aber andere, überlebensnotwendige Fertigkeiten werden komplett vernachlässigt. Die Auswirkungen dieser verfehlten Schulpolitik erlebe ich tagtäglich am Postschalter. Grad erst gestern ist mir wieder so ein tragischer Fall unter die Briefmarkenzähne geraten.

Jetzt reichte es mir, so konnte es nicht weitergehen, es musste etwas geschehen. Ich wollte nicht weiter dabei zusehen, wie die Jugend vor meinen Augen schuldlos verdummte.

Kaum schlossen wir am Abend die Posttüren, formulierte ich gedanklich einen Brief an den Kultusminister. Es galt, dringend das Curriculum zu überarbeiten. Längst hatte ich die Nase davon voll, dass mir die jungen Kunden vom einsamen Leben eines Einzellers berichten konnten, nicht aber wussten, was das Wort »Absender« bedeutete. Den Satz des Pythagoras konnten sie auswendig, wussten aber nicht, was für eine Marke fehlte, wenn auf ihrem Kuvert eine 80er klebte, der Brief nun aber 85 Cent kostete. Ach, diese Beispiele sind solche Kleinigkeiten. Mit nur wenig Mühe kann jede Fachkraft für Brieflogistik das Problem in den Griff kriegen und das Ganze durchaus mit der Hoffnung verbinden, dass sich dieses zugegeben

sehr komplexe Wissen in den Köpfen der tragisch Unter-
schulten verfestigte.

Der junge Döspaddel gestern rührte mich zu Tränen.
Zumal seine Unkenntnis auch noch ein tiefes Loch in sein
Portemonnaie riss. Überflüssigerweise! Munter und fröhlich
kaufte er zunächst ein Paket mit 25 C5-Briefumschlägen.
Einen Bogen Papier wollte er verschicken. Ich beobachtete
ihn nur aus den Augenwinkeln. Ich war sehr beschäftigt,
sonst hätte ich das Malheur zu verhindern gewusst.

Das Papier, DIN A4, war schon gefaltet, zwei Knicke im
Hochformat. Während ich Einzahlungen auf Sparbücher
entgegennahm, Pakete rausgab, Einschreiben fertigte und
Kontostände anzeigte, beobachtete ich, wie der Junge vergeblich versuchte, seinen Brief in den Briefumschlag zu
manövrieren. Der Umschlag zerknitterte mehr und mehr,
bevor er schließlich mit wütendem Wurf im Papierkorb
landete. Das hilflose Zusehen schmerzte. Und dann kam
es auch noch zu dieser – für den Kunden – teuren Lösung
seines Problems. Es ging alles so schnell, dass ich es nicht
verhindern konnte. Schnurstracks eilte er auf den Schalter
meiner Kollegin zu und knallte ihr ein Paket Briefumschläge
auf den Tisch. DIN lang. Dann schob er komplikationslos
seinen Brief in einen dieser Umschläge hinein, klebte das
Wertzeichen rauf und schon ging sie ab, die Post. Und der
Kunde ging auch ab, mit 48 Briefumschlägen in zwei unter-
schiedlichen Formaten.

Ein abwendbares Drama.

Grundkenntnisse in Falttechniken hätten diese über-
flüssige Geldausgabe verhindern können. Ein Knick hoch-
kant, ein Knick quer und der Brief hätte in die erste Sorte
Kuvert gepasst.

Und nun? Werden all die gekauften Briefumschläge jemals verwendet werden? Vermutlich nicht. Das rechne mal einer hoch. Was für ein Schaden für die Volkswirtschaft durch geschwächte Kaufkraft. Welch Umweltfrevel durch vermeidbare Produktion.

Origami.

Origami hätte helfen können. Rudimentäre Kenntnisse wären ausreichend gewesen. Genau das wollte ich dem Kultusminister vorschlagen. Statt all der überflüssigen Schulfächer gehörte Origami auf den Stundenplan.

Fand ich zumindest.

Aber ich musste bald darauf zugeben, meine Problemanalyse nicht sorgfältig betrieben zu haben. Die Schuld lag gar nicht in den Schulen. Dass das Problem ganz woanders verwurzelt war, verdeutlichte mir Sabine, sie ist Erzieherin. Als ich ihr von dem Vorfall berichtete, offenbarte sie mit engelsgleicher Unschuldsmiene: »Ja, früher haben wir mit den Kindern im Kindergarten viel mehr gefaltet.«

Ist es denn zu glauben? Früher? Warum früher? Warum jetzt nicht mehr?

Ich weiß es ja, es gibt viel zu wenig Personal in Kindertagesstätten und die, die dort arbeiten, ersticken geradezu unter ihrem Aufgabenkatalog.

Trotzdem: Auf das Falten sollte ab sofort nicht mehr verzichtet werden. Das muss einfach in den Tagesablauf integriert werden.

Einer muss wieder damit anfangen, schnellstmöglich.

Los, Sabine!

4

Was kann
Mama eigentlich nicht?

Zum Glück ist der Corona-Test weiterhin negativ, aber diese Scheißbronchitis und ich werden auch niemals Freunde. Excuse my language! Erst liege ich tagelang im Bett, statt wie geplant im windgeschützten Strandkorb mit Füßen im warmen weichen Sand, und dann bin ich auch noch so platt, als hätte mir jemand den Stecker gezogen. So wie mein Tiefkühlfach neulich, als wir einen ganzen Tag lang stromlos waren. Das starre Gefrorene, eiskalt und unkaputtbar, wurde weich wie Pudding, saft- und kraftlos. So wie ich gegenwärtig. Aufgetautes Gefriergut kann man nie wieder einfrieren, bei mir wird es ähnlich sein. Einmal raus aus Saft und Kraft wird es ein sehr mühevolles Unterfangen, den vorigen Aggregatzustand wieder herzustellen.

Immerhin kam meine Freundin Kathrin vorbei und brachte mir Ingwer, gleich mit dem passenden Rezept für schnellstmögliche Wiederherstellung. Das Rezept beinhaltete Honig. Honig ist aber etwas für Weicheier. Ich nahm den Ingwer, seinen Sud würde ich trinken wie ein Mann, äh, wie eine Frau, eine affenstarke, obercoole, eine toughe Frau eben, eine, die ganz bestimmt nicht von einem gekochten Krümel Ingwer umgehauen wird.

Ich vergaß, dass ich ein Weichei war, jetzt gerade – temporär hoffentlich. Der heiße, scharfe Ingwersaft brannte in meinem Hals wie ein Großfeuer. Ich traute mich nicht zu atmen. Na toll. Nun würde ich nicht wegen der Bronchitis den Geist aufgeben, sondern ersticken. Aber so weit kam es doch nicht. Kaum ließ der Schmerz nach, setzte der Atemreflex ein und bald darauf ein gar nicht mal so unangenehmes Gefühl, ganz so, als ließen Halskratzen und Hustenreiz schon ein bisschen nach. Ich wiederholte die Prozedur so lange, bis der Ingwer ausgekocht und labbrig war und die Farbe von ausgelutschtem Kaugummi angenommen hatte.

Es half nichts, Nachschub musste her. Ich raffte mich auf und hoffte, dass der kleine Supermarkt im Ort so etwas subtropisch Exotisches wie ein antioxidatives und entzündungshemmendes Rhizom aus Indien verkauft. Ich suchte zwischen Zwiebeln und Paprika, fand Karotten und Salatköpfe. Es gab Gurken und Kohlrabi, jede Menge Nüsse, Datteln, Feigen und Petersilie, Äpfel, Porree, Sellerie und Bananen.

Aber keinen Ingwer.

So viel ich auch suchte, ich konnte keinen entdecken.

Dann machte ich allerdings eine ganz andere Entdeckung. Hinter dem nächsten Regal, also hinter Brot und Eiern, fand ich – meine Mama. Stolz schob sie mit ihren 87 Jahren einen randvollen Einkaufswagen durch den Laden. Sofort bekam ich ein schlechtes Gewissen. Mit so etwas sollte sie sich nicht abbaxen. Sie sollte überhaupt nicht einkaufen, schon gar nicht allein. Konnte sie nicht mal was sagen?

»Kind, du bist doch krank. Die paar Sachen, das schaff ich schon.«

Na klar, was kann Mama eigentlich nicht? Ich hatte keine Energie, mich mit ihr anzulegen, sie wusste es sowieso besser. Das war schon immer so. Bei mir wie wahrscheinlich bei tausend anderen Kindern auch. Da spielt es auch keine Rolle, ob die Kinder sechs, sechzehn oder sechzig sind. Mütter wissen immer alles und immer alles besser.

Ich half ihr beim Schieben des Wagens und beim Verstauen der Lebensmittel. Dann war ich selbst an der Reihe und fragte die Kassiererin grad noch, ob sie die Tage wohl mal Ingwer bekämen. Leider wusste sie es nicht.

»Hier soll es keinen Ingwer geben?«, zweifelte Mama hellhörig geworden und humpelte so schnell es eben ging nochmal fix in die Gemüseabteilung.

»Ich hab schon überall geguckt«, rief ich ihr hinterher, schüttelte unwillig den Kopf und packte meine ingwerlosen Einkäufe in eine Tasche.

Und dann passierte es.

Das, was schon passiert war, als ich sechs Jahre alt war und das gute Paar weiße Kniestrümpfe nicht finden konnte, das, was passierte, als ich sechzehn war und die Busfahrkarte urplötzlich verschollen war. Das, was in meinem Leben als Tochter schon hundert Mal passiert war, passierte genau jetzt wieder. Mama kam vergnügt um die Ecke geschlurft und hielt triumphierend das von mir lange und vergeblich Gesuchte in die Luft.

Ingwer.

»Der lag hier oben«, rief sie fidel und reichte ihn mir großmütig.

Ich nahm ihn und bedankte mich kurz angebunden, denn eins sage ich euch: Der lag zehn Minuten vorher noch nicht da. Den hatte jemand versteckt, mit Absicht, nur um mich zu ärgern. Und ganz bestimmt war das derselbe Jemand, der die weißen Kniestrümpfe versteckt hatte, als ich sechs Jahre alt war, und auch der, der die Fahrkarte hatte verschwinden lassen, als ich sechzehn war.

———————

5

Mehlschwitze und kalter Tee

Neulich hatte ich Kinderbesuch, erst ein hübsches, schlaues Teenager-Mädchen, einen Kopf größer als ich und recht selbstbewusst, und dann noch zwei kleine Kindergartenrabauken, fünf und sechs Jahre alt. Wunderbar. Ich liebe Kinder sehr, habe es gern, wenn sie um mich herumwuseln.

Für das große Kind hatte ich zunächst wenig Zeit. Wenig Zeit – ohnehin das Drama in meinem Leben, ich arbeite zu viel. Aber dem Kind machte es wohl nichts aus. Mir schien, es genoss die tagsüber sturmfreie Bude. Und ich genoss es, abends nach Haus zu kommen, den Küchentisch vorzurücken und gemütlich miteinander zu essen, zu trinken, zu klönen. Eines Abends versprach das Kind zu kochen und ich ließ es vertrauensvoll gewähren. Um es vorwegzunehmen: Es gab ein Happy End. Wir wurden nicht nur satt, es war auch sehr lecker. Die Spannung der Geschichte liegt im Mittelteil. Das Kind glaubte nämlich offenbar, für eine Mehlschwitze schütte man eine Schaufel Mehl in geschmolzenes Fett, sage einen Zauberspruch und warte ab. Nun, ich würde behaupten, das Kind habe den Spruch vergessen. Auf dem Topfboden kokelte ein rabenschwarzer Belag, in der Küche breitete sich übler Gestank aus und ich musste kurzfristig eingreifen. Natürlich war das alles kein Problem und wir lachten, wie wir immer lachen, wenn irgendetwas danebengeht.

Am nächsten Morgen allerdings, als die Kindergartenkids mit am Frühstückstisch saßen und eine lustige Geschichte hören wollten, da fiel mir spontan die Kochaktion vom Vorabend wieder ein. Kindergartenkinder lieben lustige Quatschgeschichten und so reicherte ich die Story mit etwas Phantasie an, und die Kinder lagen vor Lachen fast unter dem Tisch. Ich erzählte von der angebrannten Mehlschwitze und der Riesenqualmwolke, die sich in der Küche ausbreitete, behauptete, dass wir mit Kübeln voller Wasser die Küche fluteten und mit Gummistiefeln über die Fliesen wateten. Trug dick auf und sagte, dass wir schließlich durch die Küche schwimmen mussten, weil das Wasser inzwischen so hoch stand. Und dann waren plötzlich Fische da, die munter zwischen Kühlschrank und Backofen hin- und herschwammen. Ich flunkerte, dass sich die Balken bogen, behauptete, dass wir die Fische fingen, um anschließend Fischstäbchen zu braten. Und so weiter und so weiter. Wenn ich erstmal in Fahrt gerate, bin ich kaum zu stoppen, zumal glockenhelles Kinderlachen Benzin für meinen Quatschmachmotor ist.

Ich freute mich sehr, dass die Große so entspannt zuhörte, immerhin ging die ganze Geschichte ja ein klein wenig auf ihre Kosten. Ihre verhaltene Reaktion war toll, hin und wieder schmunzelte sie sogar ein wenig. Ich liebe es, wenn Menschen über sich selbst lachen können. Wie auch immer. Am Ende kam die Feuerwehr und pumpte die Küche wieder leer, mit einem Föhn trockneten wir den Fußboden und mit Badehandtüchern rubbelten wir die Wände ab, so dass man inzwischen gar nichts mehr von dem Malheur sehen konnte. Ende.

Ende? Von wegen. Dann kam nämlich der Auftritt der Großen.

»Und wisst ihr, was Karen gemacht hat?«, fragte sie und ich fragte mich ängstlich, ob ich einen Hauch Rachlust in ihrer Stimme vernahm. Die Kleinen saßen mit offenem Mund da und starrten sie mit genauso erwartungsvoll großen Augen an wie ich. »Stellt euch vor, sie wollte mir einen Tee kochen und hat ihn mit kaltem Wasser aufgegossen. Mit kaltem Wasser! Könnt ihr das glauben?«

Ja, war mir passiert. Na und? Hatte vergessen, den Wasserkocher anzustellen. Was ist daran so bemerkenswert? Ich weiß es nicht. War es der Tonfall, war es nach meiner langen ausufernden Geschichte die altbewährte Methode »In der Kürze liegt die Würze«? Ich habe keine Ahnung, auf jeden Fall waren alle drei vereint in hysterischem Gelächter auf meine Kosten. Ich bemühte mich um ein entspanntes und souveränes Schulterzucken. Tee, pff. Das wird keine Story für die Ewigkeit. Aber die Sache mit der gefluteten Küche, da war ich mir sicher, an die würden sich die Kinder noch erinnern, wenn sie einst selbst Enkelkinder haben werden.

Hab mich geirrt.

Drei Wochen später kamen die Kleinen wieder zu Besuch, standen in der Küche und blickten sich um. Ich sah es hinter der Stirn der Sechsjährigen rumoren. Ich war überzeugt, zu wissen, was da vor sich ging, bis es prustend aus ihr herausplatzte. Kleine Spucketröpfchen schossen ihr aus dem Mund, als sie von Lachsalven geschüttelt fassungslos fragte: »Wie kann man nur Tee mit kaltem Wasser kochen?«

———————

6

Ein guter Mensch

Manchmal ist es gar nicht so einfach, ein guter Mensch zu sein. Theoretisch weiß ich recht genau, wie das geht. Ich bemühe mich, allen Menschen wohlwollend gegenüberzutreten – sogar auf der Arbeit. Das fällt nicht immer leicht. Unsere Kunden sind recht heterogen und es ist keine Ausnahme, wenn nach dem liebenswerten alten Opi ein freches Gör mit schlechten Manieren aufkreuzt. In gleichem Maße, wie die Vielfalt an Briefmarkenmotiven abnimmt, nimmt die Kundenvielfalt zu. Wenn also irgendjemand die absolute »gender and diversity competence« hat, dann die Menschen, die am Postschalter arbeiten. Also ich zum Beispiel.

Ich sage nicht nur »Guten Tag« und »Tschüss«, ich weiß sogar, dass man Menschen, die gerade erst Deutsch lernen, verständnisvoll gegenübertritt und dabei langsam, deutlich und grammatikalisch vollkommen korrekt spricht. Und bei Menschen mit Handicap werde ich nicht übergriffig, sondern warte höflich, ob sie um Hilfe bitten. Auch kann ich sogar die Wörter »bitte« und »danke« passend anwenden. Solche Sachen eben.

Ich will es noch einmal wiederholen: Ich bemühe mich.

Was ist eigentlich das Gegenteil von bemühen? Scheitern? Vermutlich. Manchmal scheitere ich; nicht im Sinne von »gut gedacht und schlecht gemacht«, sondern eher im

Sinne von »nicht gedacht und ausgelacht«. Meist passiert das in Momenten, in denen die Pferde der Ungeduld mit mir durchgehen. Anders kann ich es mir jedenfalls nicht erklären, dass ich gelegentlich wider besseres Wissen handele. Gestern ist mir das gleich zweimal passiert. Wie peinlich.

Die Schlange war lang (die Pferde scheuten schon), die Leute wollten viel und sie wollten es schnell, und dann war da so einer, der so gut wie kein Deutsch sprach. Er holperte und stolperte durch unsere Sprache und ich war zunächst stolz, weil ich ihn verstanden hatte. Er verstand mich allerdings nicht. Ich sprach langsam und sehr deutlich, gestikulierte mit Händen und Füßen, bemalte sogar ein Stück Papier. Er verstand mich nicht. Ich sprach nochmal extra langsam, betonte jedes Wort. Und dann passierte mir das Dämliche, über das ich immer gelacht hatte und über das jetzt nur noch der Rest der Welt lacht. Ich nicht mehr. Reflexartig wurde ich immer lauter, dabei war der Mann keineswegs schwerhörig, er verstand lediglich meine Sprache nicht. Ich bemerkte es gar nicht und benahm mich, als wäre ein Aufdrehen der Lautstärke an dieser Stelle ein hilfreiches Instrument zur Verständigung. Schließlich hob ich resignierend meine Hände und ließ den Kunden unverrichteter Dinge ziehen, nicht ohne mich lautstark über mich selbst zu ärgern.

»Jetzt gehöre ich auch schon zu denen, die andere anschreien, weil sie glauben, sie würden dann besser verstanden«, grummelte ich missmutig. Meine nächste Kundin hatte alles mitbekommen. Sie gehörte zum Rest der Welt und lachte herzlich über mich. Was weiß der Rest der Welt schon von Reflexen, die ausgelöst werden, wenn man sich so extrem unverstanden fühlt?

Dann dauerte es keine zehn Minuten und ein Mann mit einem starken Tremor stand vor mir, wollte Geld abheben und reichte mir seine Bankkarte. Ich schob die Karte in meinen Computer, machte die notwendigen Eingaben und lugte die ganze Zeit auf die Kartenhülle, die in der Brieftasche des Mannes steckte. Ich wollte nur helfen. Während also der Mann seinerseits mit den notwendigen Eingaben auf seiner Seite des Schalters beschäftigt war, versuchte ich ungefragt mit langem Arm seine Bankkarte in seine Hülle zu manövrieren. Ich schaffte es nicht. Er beobachtete mich schmunzelnd. Schließlich nahm er mir die Karte aus der Hand und deutete spitzbübisch grinsend an, dass er es mit seinen zittrigen Händen wohl besser hinbekomme als ich. Er hatte Recht, schob die Karte in die Hülle und ich konnte gar nicht anders, als in sein schallendes Gelächter einzufallen.

Jaja, sag ich doch, es ist wirklich nicht so einfach, ein guter Mensch zu sein.

———————

7

Wippsteerts

In unserer Familie definieren wir uns über Fleiß und Ackern. Irgendwie liegt das in der Natur der Sache, wenn man die meiste Zeit seines Lebens auf einem Bauernhof verbracht hat. Das klingt zwar recht tugendhaft, ist es aber nicht immer. Mitunter sind dadurch nämlich Yin und Yang etwas unausgewogen. Dazu kommt, dass sich die tadellose Tatkraft, das bedeutsame Bemühen und der eilfertige Eifer unterschiedlich darstellen. So wie bei meiner Schwester und mir zum Beispiel. Wir sind beide rechte Wippsteerts, können kaum stillsitzen, müssen immer was schaffen, legen Sisyphosallüren an den Tag, wenn wir meinen, man müsse doch den Berg an Arbeit mal abtragen können.

Was uns unterscheidet ist die Wirkung auf andere. Meine Schwester kehrt ihren Wippsteert eindrucksvoll nach außen. Schlank und hochbeinig, mit ausgreifenden Schritten und raschen Bewegungen erweist sie sämtlichen Bachstelzen dieser Welt die Ehre. Ein Wippsteert eben. Ein Wunder, dass sie nicht fliegen kann.

Bei mir ist das anders. Mein Wippsteert wohnt in mir, irgendwo zwischen Niere und Lunge, schlägt mir manchmal auf den Magen oder mit seinem wippenden Hinterteil an mein Herz und lässt es schneller schlagen. »Los«, zwitschert mein Wippsteert, »mach endlich! Das schaffst du noch!

Mach es fertig! Und weiter im Text, ausruhen kannst du später!« Was meinen Wippsteert von anderen Bachstelzen unterscheidet, ist, dass er nie schläft. Kein Wunder, dass Yin und Yang bei mir manchmal aus dem Takt geraten.

Und dann taucht auch noch meine Nachbarin auf der Bildfläche auf und kommentiert die Unterschiede zwischen meiner Schwester und mir, beschreibt, was sie sieht. Bewundert meine hyperaktive Wippsteertschwester.

Und? Und sagt: »Du bist immer so gechillt.«

Ich bin hochgradig beleidigt. Ist sie blind? Warum sieht sie meinen Wippsteert nicht, meinen Innenbewohner, mit dem ich so hassliebend verbunden bin. Hält sie mich womöglich für faul? Einen Moment lang werde ich grantig. Aber sollte es mich überhaupt kümmern, wenn sie mein fleißiges Ackern nicht sieht? Sollte es mir nicht schnurzpiepe sein, was andere denken? Doch sollte es.

Bis mir indes die Vorstellung meines versteckten Wippsteerts gut gefällt, dauert es noch eine Weile. Es hat etwas mit einem Pferd und leckerer Torte zu tun.

Ich arbeite grad an einer hübschen Geschichte für ein kleines Mädchen, das mir sehr am Herzen liegt. Die Geschichte handelt von einem lustigen Pferd, das kein Gras fressen will, sondern eine Vorliebe für Torten hat und Tee gern aus blumigen Porzellantassen trinkt. Ich will die Geschichte mit Bildern ausschmücken und fotografiere das kleine Spielzeugpferd hier und da und mache natürlich auch ein passendes Foto fürs Ende der Geschichte. Das Pferd bekommt ein großes Stück Erdbeertorte, einen rosafarbenen Donut mit Zuckersternchen und eine leckere Tasse Tee. Damit das Foto hübsch und bunt ist, drapiere ich das Gedeck mit der Torte auf meiner bunten Gartenbank, gieße tatsächlich eine wunderbare Tasse Tee ein, schmücke den Platz mit Blumen und Servietten und bin am Ende mit meinen Fotos sehr zufrieden.

Und nun? Was tun mit Torte und Tee am helllichten Vormittag, kurz bevor ich Luft aufpumpen muss, um zur Spätschicht zu radeln? Ich habe einen kleinen aber sehr kurzen Disput mit meinem Wippsteert. »Halt die Klappe!«, befehle ich ungewohnt energisch und der Vogel verkriecht sich erschrocken. Ich mache Platz auf der Bank und setze mich mit ausgestreckten Beinen, nehme die Kuchengabel in die eine Hand und den Tortenteller in die andere und esse mit dem größten Genuss um halb elf am Morgen die wunderbare Erdbeertorte. In kleinen Schlucken trinke ich den köstlichen Tee, atme langsam ein und langsam wieder aus und lasse mich für den Moment vom Duft der Blumen betören.

Die Gardine meiner Nachbarin bewegt sich nur leicht; ich weiß, dass sie nichts anderes als mich, die Gechillte sieht und sich bestärkt fühlt in ihren Beobachtungen. Ich grinse glücklich. Für einen Moment sind Yin und Yang hier im absoluten Gleichgewicht. Aber dann berappelt sich mein Wippsteert wieder und drängelt, weil der Countdown zum Beginn meiner Spätschicht schon bedrohlich herabgezählt ist. Ich raffe mein Geschirr, die Blumen und Servietten in den Korb, haste die Treppen hoch, ziehe mich um, schwinge mich aufs Rad und komme schweißgebadet in meiner Filiale an.

Na und? Was guckt ihr? Ich bin's doch nur, die Gechillte.

———

8

Uwes

Was für Zufälle es manchmal gibt. Kaum flachst mich meine Freundin Jutta (deren Angetrauter auf den Namen Uwe hört) an, ich solle mir auch einen Uwe suchen, da höre ich tatsächlich von einem ausgesprochen interessanten und äußerst sympathischen Mann mit diesem Namen.

Es hat mit meiner Schreiberei zu tun, mit Geschichten wie dieser.

Wenn man schreibt und nicht gleichzeitig die Werbetrommel genauso schnell wie Schlagsahne rührt, dann bleiben die eigenen Texte in der heimischen Rührschüssel und werden nur von Menschen gelesen, die einen kennen. Indes weiß jeder, dass einzelne Schlagsahnetröpfchen gern mal die Umlaufbahn in der Tupperschale verlassen und auf der Tapete landen.

Wat den eenen sin Uhl, is den annern sin Nachtigall. Und manchmal ist die Uhl schon eine Nachtigall, wenn man sie nur von der anderen Seite betrachtet.

Sahneklekse an der Wand sind für mich auch ein Malheur. Verlässt aber einer meiner Texte die enge Welt im Mixpott, ist das ein Glücksfall.

Dieser Uwe, den ich bislang nur aus blumigen Erzählungen kenne, ist so ein Glücksfall, das Sahnehäubchen auf meiner guten Laune sozusagen. Ich erfuhr von ihm, kurz nachdem ich bei Jutta und ihrem Uwe war, um zum Hochzeitstag Glück zu wünschen. Ich wollte meine Freunde überraschen, parkte mein Fahrrad in deren Vorgarten und gratulierte per Handy, hatte Jutta am Telefon. Uwe, ihr Liebster, hatte mich bald entdeckt und hereingelassen. Es war lustig, weil ich alsdann telefonierend in der Stube meiner Freundin saß und sie nur ein Stockwerk über mir. Als mir ihr Gatte ein Getränk reichte, hörte sie mich am Telefon »Danke, Uwe« sagen und glaubte, ich hätte einen Namensvetter ihres Jubelbräutigams an meiner Seite. Es dauerte dann nur noch kurz, bis sie dem Jux auf die Schliche kam. Schließlich kam sie lachend die Treppe herunter, stieß mir in die Rippen und meinte, ich solle mir doch auch einen Uwe suchen.

Zufällig erzählte mir dann wenige Tage später meine Freundin Andrea von Uwe, dem Glücksfall, dem Sahnehäubchen. Dieser Uwe las meine Geschichten mit Vergnügen und Andrea zählte auf, was er schon alles über mich wusste. Er kannte meine Familie, wusste, mit wem ich arbeitete, wohin ich verreiste, wusste von meinem Bauerntochter- und Briefmarkenverkäuferinnendasein. Uwe kannte die Träume, Turbulenzen und Tortenstücke meines Lebens. Er fragte sich nur, warum ich nichts von dem Mann an meiner Seite schrieb. Er konnte nicht ahnen, dass ich zwar eine Menge Männer an meiner Seite hatte, nicht aber den einen, der mir morgens den Kaffee ans Bett brachte. Ich wusste von diesem Uwe nur das Wenige, das Andrea mal erzählt hatte. Aber allein die Tatsache, dass er sich für meine Geschichten begeisterte, reichte mir, um nachzuhaken, ob er noch zu haben war.

War er nicht.

Hm, Jutta, so einfach ist es nicht mit »Such dir doch auch einen Uwe«.

Und dann dachte ich nach, wie viele Uwes ich eigentlich kannte. Da kamen etliche zusammen. Schließlich gab es mal eine Zeit, in der einige Uwes über Taufbecken gehalten wurden.

Ich kenne den Uwe, dessen Eheschließung ich bezeugt hatte, den Uwe, der mit mir Fallschirm gesprungen war, einen Uwe, der Trompete spielt, Uwe, den Kollegen, den ich lange nicht mehr gesehen habe, gleich zwei der mir bekannten Uwes sind Zahnärzte, in meiner Schulzeit sind mir einige Uwes über den Weg gelaufen und sogar ein paar meiner Kunden heißen Uwe. Wenn ich so darüber nachdenke, sind Uwes meist wirklich ganz nette Leute.

Wer weiß, vielleicht begebe ich mich tatsächlich mal auf die Suche nach diesem einen Uwe, diesem Rechtschaffenden, Wohlhabenden, handwerklich Geschickten, gut Aussehenden, diesem, der Kaffee kochen kann und meinen Humor zu schätzen weiß.

Ein Sahnehäubchen eben. Darunter mache ich es nicht.

———

9

Küchenerotik

Ich muss zugeben, ich konnte nicht ohne ihn. Es tat weh. Alles stand auf der Kippe. Immerhin haben uns Jahrzehnte miteinander verbunden, das wirft man nicht einfach so weg - obwohl ich kurz davorstand! Aber dazu komme ich gleich. Er war so fürsorglich, wusste, was ich wollte, kannte meine Bedürfnisse genau. Immer war er da. Immer voller Wärme für mich, hitzig mitunter, aber das steigerte meine Liebe zu ihm nur noch. Ich ließ mich von ihm bekochen, liebevoll. Jedes einzelne Mal, jedes Mahl war köstlich. Pellkartoffeln, wenn es schnell gehen musste. Ein komplettes Menü konnte er zaubern, vorzügliche Eintöpfe. Ja, ich gebe es zu, ich liebte ihn wegen seiner Kochkünste, war so gern gemeinsam mit ihm in der Küche. Tausende Male haben wir es – wie soll ich sagen – miteinander getrieben. Ich habe geschnippelt, er hat gekocht. Wir teilten die Aufgaben, wir teilten die Leidenschaft. Ach, voller Wehmut denke ich an den Duft einer frischen Gemüsebrühe in der Küche, wenn sich die Thymiannote mit Basilikum und Rosmarin zu einem harmonischen, geschmackvollen Akkord verband. Wir verbrachten sinnliche Stunden. Unbeschreiblich die Momente, wenn das von ihm Kreierte meine Lippen berührte, auf meiner Zunge lag wie Salz auf meiner Haut. Delikate Augenblicke voller Erotik.

So ging es bis neulich. Irgendetwas hatte sich verändert,

nur war es mir nicht aufgefallen. Es begann harmonisch wie immer, es duftete bereits verlockend, verführerisch, aber dann war irgendetwas passiert, was ihn schmollen ließ. Er war so unzugänglich, bockig gar. Ich konnte es mir nicht erklären. Aus heiterem Himmel war er verschlossen wie nie zuvor. Ich sprach ihm gut zu, berührte ihn sanft, bald etwas forscher. Er rippelte sich nicht. Ich drängte nicht. Ließ eine ganze Nacht vergehen, in der er Zeit und Muße hatte, abzukühlen. Das tat er auch, aber es änderte sich nichts. Abgestandener, schaler Duft stand in der Küche. Plötzlich kam mir der Gedanke, dass er schon immer polarisiert hatte. Es gab Menschen, die mieden ihn, das wusste ich. Ich aber liebte ihn, heiß und herzlich. Aber nun?

So schnell beendet man Beziehungen nicht, wirft nicht, was einem einst am Herzen lag, auf dem Müll.

Andererseits, am nächsten Tag würde die Müllabfuhr kommen, und was macht man mit einem Schnellkochtopf, der sich nicht öffnen lässt?

Meine Kollegin Anna empfahl, den Topf samt Inhalt direkt in Hannovers WMF-Laden in der Großen Packhofstraße zu bringen. So ein Blödsinn. Einen Kochtopf mit fünf Litern Hühnersuppe in einen Korb zu packen und ihn dann quer durch die Landeshauptstadt zu schleppen, das kam ja wohl gar nicht in Frage. Womöglich würde ich ihn in der Showküche des Ladens auf den Herd stellen und es einer Mitarbeiterin mit Fachkompetenz und Schraubendreher überlassen, den Pott zu öffnen. Der ganze Laden würde nach Hühnersuppe duften. Also echt, Anna konnte auf komische Ideen kommen, unglaublich.

Ich recherchierte mich stattdessen durchs komplette Internet. Durchforschte Foren, probierte jedwede Idee aus, stocherte, prokelte, zog und zerrte. Mein bockiger Freund allerdings blieb zäh und unnachgiebig. Was sollte ich nur tun? Ich konnte das vertraute Piepen des rückwärts einfahrenden Müllwagens schon hören.

Nein!

Nein, der Topf war so ein treuer Hucken, das konnte, das durfte ich nicht tun.

Und dann tat ich es doch: Ich packte meinen Kochtopf mitsamt den fünf Litern Hühnerbrühe in einen Korb, fuhr nach Hannover, schleppte ihn quer durch die Stadt und stellte ihn mitten im WMF-Laden auf den Herd der Showküche. Ich traf auf die freundlichsten Angestellten des Universums. Unter der Federführung einer besonders engagierten Mitarbeiterin wurde jedwede Idee ausprobiert, gestochert, geprokelt, gezogen und gezerrt. Dann griff die Besagte mit all ihrer Fachkompetenz energisch und willensstark zum Schraubendreher, und eine Dreiviertelstunde später duftete der ganze Laden nach Hühnersuppe.

Phänomenal.

Ein kleiner Defekt am Deckel war der Übeltäter.

Mein Dank ist aufrichtig und innig. Wenn noch irgendjemand irgendwann in meiner Gegenwart von einer »Servicewüste Deutschland« faselt, dann knalle ich zwei WMF-Kochtopfdeckel so laut zusammen, dass ihm Hören und Sehen vergeht, aber so was von. Dem Vorstand von WMF habe ich einen langen Brief geschrieben und die örtlichen Angestellten für einen Orden vorgeschlagen. Kann ja schließlich sein, dass es das Unvorstellbare tatsächlich gibt: Vorstände, die sich sowohl für Mitarbeitende als auch für Kunden interessieren.

Und mein Topf und ich? Wir fangen nochmal ganz

langsam und vorsichtig von vorne an. Vielleicht tasten wir uns mit ein paar Pellkartoffeln an frühere Zeiten heran.

10

Geld für einen Porsche

*A*ls der Mann zu mir an den Schalter kam und fragte, was er tun müsse, wenn er 100.000 Euro abheben wolle, da musste ich husten, als hätte ich mich übelst verschluckt. Hatte ich auch – an dem Betrag. Vielleicht war es ein Zeichen von Unprofessionalität. Ich lege nämlich Wert darauf, alle Kunden gleich zu behandeln. Menschen, die ihre letzten 3,75 Euro (ja, das gibt es!) von ihrem Konto abheben, sind mir genauso wichtig, wie jene, die 5.000 mitnehmen. Aber 100.000 Euro? Den Berg an Banknoten konnte ich mir gar nicht vorstellen.

Der Mann, der gefragt hatte, war jung und heiter und gehörte keineswegs in die Zielgruppe von Enkeltrickbetrügern und auch nicht in die Kategorie der Enkeltrickbetrugsvorbereiter. Trotzdem fragte ich fürsorglich und besorgt, wofür er denn so viel Geld benötige.

»Für einen Porsche«, kam die prompte Antwort.

Okay, dachte ich, mag sein, dass ein Porsche so viel kostete. Woher sollte ich das wissen? Ein Faible für teure Autos hatte ich noch nie, und um das Klischee zu bedienen: Mir ist Farbe wichtiger als Prestige. Mein Lieblingsauto war bicolor, weiß mit rotem Dach, ich nannte es Vanillepudding mit Himbeersaft, und genau wie ein Porsche hatte es vier Räder, Lenkrad und Motor. Aber natürlich weiß ich, dass es juvenile, fröhliche Männer gibt, die Spaß an schnellen und teuren Blechkarossen haben. Fast wäre der Fall mit dieser Erkenntnis für mich abgeschlossen gewesen, hätte der Kunde nicht noch eine winzige Erläuterung hinterhergeträllert, eine Oktave höher und noch breiter grinsend.

»… für meinen Sohn, der liebt Porsche so.«

Ich zog meine Augenbrauen hoch. Es fällt mir nicht leicht, das Alter von Leuten zu schätzen, aber dieser Mensch hier konnte unmöglich einen Sohn mit Führerschein haben, selbst dann nicht, wenn der ihn mit 16 gemacht hätte.

»Wie alt ist ihr Sohn denn?«, fragte ich deshalb interessiert.

»Vier«, kam die fixe Antwort und der Stolz in seiner Stimme wuchs schneller als Bambus am sonnigen, windgeschützten Standort.

Mein absolutes Unverständnis wurde vollkommen überlagert von der Freude dieses Mannes und dessen zielstrebigen Wunsch, seinen Pöks glücklich machen zu wollen.

Er hatte gar keine 100.000 Euro auf seinem Konto, aber das spielte auch überhaupt keine Rolle mehr. Ich wünschte ihm innigst, dass sein Kontostand so schnell in die Höhe wachsen würde wie Bambus in guter Lage und so groß werden würde, wie sein Vaterherz längst war.

Dann wird das noch was mit dem Porsche, ganz bestimmt.

Und wer weiß, vielleicht wird der dann vanillefarben mit himbeerrotem Dach.

11

Tante Martha und die Badezimmerschränke

S o lange ich denken kann war meine Tante Martha eine qualitätsbewusste Frau. Ihre Möbel waren erste Sahne, Hülsta, Musterring, Echtholz, Schleiflack, maßgebaute Einbauschränke. Sie bohnerte ihre Fußböden, putzte regelmäßig ihre Jalousien und hatte ein Blumenfenster, aus dem kein Krümel Erde aufs gewienerte Parkett fiel. Kurzum, Tante Martha weiß einen gepflegten Haushalt mit hochwertigem Mobiliar zu erkennen.

Ich auch.

Aber manche Dinge sind einfach eine Budgetfrage. Ich habe eine wunderbare Wohnung mit einem sehr bequemen Bett von Poco und Stubenschränken von Ikea, die bald ihren vierzigsten Geburtstag feiern. Vor meinen Bretterregalen wahren Plissees einen erlesenen Schein. Es macht mich sehr froh, dass meine Möbel den letzten Umzug überstanden haben. Neu arrangiert sehen sie aus wie der letzte Schrei der angesagtesten Möbeldesigner – finde ich.

Nun begab es sich, dass Tante Martha zu Besuch kam, zum ersten Mal in meine neue Wohnung. Sie sah sich verzückt um, und ob ihres verzückten Blickes war auch ich verzückt. Sie ließ ein paar wohlwollende Kommentare fallen und ich schenkte Kaffee ein. Es war ein sehr schöner

Nachmittag und ich hätte nicht ahnen können, dass mein persönliches Highlight noch bevorstand. Kurz bevor Tante Martha sich nämlich verabschiedete, suchte sie das Bad auf. Als sie herauskam war sie voll des Lobes für die neuen – sie sagte wirklich neu! – Badmöbel. Das mag jetzt nett klingen und das war es auch. Nur entsprach das »neu« so gar nicht der Realität.

Die Badezimmermöbel haben eine lange Historie.

Als ich beim vorletzten Umzug den hohen, schlanken, klapprigen und zugegebenermaßen nicht so ansehnlichen Kiefernschapp auf den Umzugswagen hieven wollte, schallte es mir unisono und laut entgegen »das Ding nimmste doch woll nicht mit!«. Doch, nahm ich. Aber die Umzugshelfer hatten Recht. Das Teil wirkte am neuen Standort deplatziert und hässlich. Ich guckte es mir eine Weile an. Sollte ich etwas Neues kaufen, fragte ich mich. In meinem Kopf spielten Gedanken zur Nachhaltigkeit mit denen von ansprechendem Interior Design Pingpong. Die Budgetfrage schlug sich auf Seiten der Nachhaltigkeit. Ich schleppte das Klapperding auf den Balkon und sägte es in der Mitte durch. Dem oberen Teil schraubte ich vier Füße unter, fürs untere gab es eine Abschlussplatte. Dann pinselte ich alles taubenblau an und hatte zwei wunderbare Örtchenschränkchen, die sich hervorragend in die wohnliche Nasszelle einfügten. Beim jüngsten Umzug bekamen die beiden lustige bunte Knäufe, so wie die Kommode im Flur – welch ein stimmiges, gestalterisches Konzept. Man könnte den Eindruck gewinnen, es sei ein nagelneues, megamodernes Badset. Nun ja, ich bin da ganz Künstlerin und überlasse es dem Betrachter, sich eine Meinung zu bilden. Nur Tante Martha, der werde ich eines Tages doch noch die Wahrheit sagen, versprochen!

12

Doswidanja, du Blödmann

Es ist ja wirklich nicht so einfach mit den vielen Sprachen, die in unserem Land gesprochen werden. Klar, in Deutschland wird deutsch gesprochen und ich finde, das soll auch so sein. Gleichzeitig hat jeder Mensch eine eigene Muttersprache und nur weil er irgendwann, irgendwo, aus irgendeinem Grund die deutsche Grenze passiert hat, bedeutet das nicht, dass er fluxdiwux plötzlich tausendzweihundertfünfundachtzig Vokabeln Grundwortschatz und die deutsche Grammatik draufhat. Da bricht sich ja niemand einen Zacken aus der Krone, diesen Menschen in deren Sprache ein Stück weit entgegenzugehen. Macht ja auch nicht dümmer, ein paar Brocken ausländisch zu lernen. Bei mir war es mal wieder soweit, als die ersten Ukrainerinnen am Schalter standen, um Geld abzuheben. Eigentlich kein komplizierter Vorgang, aber die Aufforderung, auf den grünen Knopf des Pinpads zu drücken, um den Betrag zu bestätigen, war ein großes Hindernis. Also lernte ich schnell »grüner Knopf« auf Ukrainisch zu sagen – »zelena knopka« übrigens, falls es jemand wissen möchte. Für mich war das Arbeiten von da an einfacher und außerdem konnte ich in viele dankbar lächelnde Gesichter blicken – wie schön.

Der Kollege, der bei uns abends Briefe und Pakete abholt, spricht nur russisch. Die Menschen, die ihn eingestellt haben, hielten es offenbar nicht für nötig, in einen kurzen Sprachkurs zu investieren, waren wohl der Ansicht, dass es ohnehin nicht vieler Worte bedarf, um Postsendungen zu schnappen und in einen Laster zu bugsieren. Ein Schelm, der denkt, mangelnde Sprachkenntnisse gingen einher mit geringerem Stundenlohn und geringerer Stundenlohn ginge einher mit höherer Rendite des Unternehmens, des Subunternehmers oder des Subsubunternehmers. Ich weiß es nicht. Ich weiß nur, dass wir gestern Abend etwas mehr als üblich kommunizieren mussten. Wir griffen auf den Google-Übersetzer zurück. Ist ja schon toll, was heute so alles möglich ist – jedenfalls, wenn man die Technik beherrscht. Es dauerte. Weil ich zunächst Probleme hatte, das Mikrofon zu aktivieren, gab es ein munteres Kauderwelsch zwischen uns dreien, also zwischen dem russischen Kollegen, mir und dem freundlichen, winzigen Übersetzer, der offenbar in meinem Handy wohnt. Zwar hat am Ende alles funktioniert und ich war zuversichtlich, dass wir einander verstanden hatten, aber vom Schalter schallten schon die altbekannten, nervtötenden Chorgesänge »Können Sie mal einen weiteren Schalter aufmachen?« und »Wann geht es denn hier weiter?« Meine Frustrationsschwelle war längst überschritten. Es grummelte schon tüchtig in mir. Aber ich riss mich zusammen. Als ich den Kollegen freundlich mit »Spasibo, doswidanja« verabschiedete, mischte sich mein Telefon lautstark ein und brüllte dem Boten »Danke, auf Wiedersehen« hinterher. Nun platzte mir der Kragen, ich brüllte auch und zwar mein Telefon an: »Ich hab' das schon auf Russisch gesagt, du Blödmann!« Der Blödmann gab natürlich keine Ruhe und übersetzte auch noch »Blödmann« auf Russisch. Ich geriet in Panik und rief dem

Kollegen hinterher, dass ich ihn grad auf gar keinen Fall
»Blödmann« genannt hatte, das Handy brabbelte unauf-
gefordert weiter. Wütend knallte ich es an die Wand.

Der Russe aber, der in seinem Leben gewiss schon andere
Dinge gesehen hatte als ungeduldige, sprachverzweifelte
und mit der Technik hadernde Menschen, sprach zwar kein
Wort Deutsch, war aber ja nicht dumm.

Laut lachend verließ er die Filiale. Und ich besann mich
mal wieder auf die Erkenntnis, wie schön es doch ist, dass
wenigstens Lachen universell ist.

13

Frida hängt nur rum und raucht

Dass der erste Eindruck täuschen kann, hat doch wohl jeder schon mal erlebt. Deswegen sollte man vorsichtig damit sein, bei einer ersten Begegnung unerbetene Kommentare abzugeben. Ich war zunächst selbst skeptisch, ob es wirklich eine gute Idee sei, mit einer Frau zusammenzuziehen – und dann noch mit Frida. Aber es lief von Anfang an sogar besser als erwartet. Wir verstehen uns hervorragend. Fridas fröhliches Naturell ist ansteckend.

Die Reaktion meiner Freunde war allerdings sehr unterschiedlich, zum Teil sogar recht unpassend. Das ging vom geflissentlichen Ignorieren bis zu unmöglichen Äußerungen. »Geht gar nicht«, war so ein schnippisches Urteil, das nicht gerade geflüstert wurde. Auch dass Frida rauchte, kam nicht gut an. Häh? Was ist das für ein Argument? Ich kann Nikotin, grauen, stinkenden Qualm und gelbe Gardinen auch nicht leiden. Aber es gibt ein paar Menschen, die rauchen wie Schlote und ich hab sie trotzdem gern.

Frida selbst schien die ein oder andere Ablehnung gar nicht zu spüren. Sie sorgte für gute Laune wie immer und qualmte weiterhin entspannt und genüsslich den Ostflügel meiner Wohnung voll.

Klar sind wir sehr verschieden, haben ganz unterschiedliche Temperamente und Lebensauffassungen. Ich ackere den ganzen Tag, fahre zur Arbeit, koche und wasche während Frida eigentlich den ganzen Tag nur rumhängt und – raucht. Aber genau wie ich liebt sie Blumen und erfreut andere mit ihren kreativen Ideen. Sie ist eine Künstlerin, hat so etwas ansteckend Fröhliches und Farbenfrohes. Leider besteht allerdings auch die Gefahr, dass sie andere mit ihren schlechten Eigenschaften beeinflusst – Andrea zum Beispiel. Die war ganz hingerissen von Frida und wollte sich gleich mit ihr verbünden. »Ich geh sofort auf dein Klo und rauche eine mit Frida«, proklamierte sie, die Nichtraucherin, mit Nachdruck. Vielleicht hat Andrea früher heimlich auf dem Schulklo geraucht und Frida erinnerte sie an gute, alte Zeiten.

Ach Kinder, nehmt euch doch einfach erstmal die Zeit, Frida richtig kennenzulernen. Meinetwegen auch auf dem Klo. Frida könnte euch so viel erzählen, über Kunst und Politik, über Männer, übers Durchhalten, übers Leben.

Ach so, vielleicht sollte ich noch erklären, dass Frida mein Duschvorhang ist. Ein Selbstportrait von Frida Kahlo, bunt und toll. Mit qualmender Zigarette in der Hand sorgt die Malerin in meinem Bad für supergute Laune. Inzwischen übrigens auch bei denen, die auf den ersten Blick fanden, Frida ginge gar nicht. Bei denen wurde es dann Liebe auf den zweiten Blick.

14

Wenn Spekulationen weit weg von der Wahrheit sind

Ich hatte mal einen ganz besonderen Kollegen – aus Gründen des Persönlichkeits- und Eheschutzes nenne ich ihn an dieser Stelle einfach mal Berthold. Berthold war mein Lieblingskollege, da beißt die Maus keinen Strickjackenfaden ab. Er war klug, humorvoll, beruflich kompetent und wusste auch sonst eine Menge. Wir arbeiteten gut zusammen und hatten Spaß miteinander. Er war aber eben auch ein Mann, und es gab Situationen, da bediente er einfach mal jedes Klischee.

Damals zum Beispiel, als es eisekalt war. Leider arbeite ich ja wider meine Natur nicht als Landschaftsgärtnerin in molligen, rotkarierten Flanellhemden, sondern verkaufe Briefmarken und trage Polyester und fadenscheinige Baumwolle in unterkühltem Blau. Es wehte ein eisiger Wind durch die Filiale. Ich fror. Und ich musste zur Toilette. Räume, die man aufsuchen musste, wenn man musste, gab es in unseren Räumlichkeiten nicht. Wir mussten einen Halbmarathon rennen, wenn die Blase den Startschuss gab.

Gleichzeitig müssen und frieren ist eine recht ungemütliche Situation, und ungemütliche Situationen stimulieren bei mir regelmäßig das Rautenhirn, von Fachleuten auch Rhombencephalon genannt. Dieser Teil des Hirns ist zwar sehr alt und wenig entwickelt, aber: Er ist fürs Überleben notwendig. Und wenn ich muss und friere, geht es schon sehr ums Überleben.

An jenem Tag also rannte ich Richtung Toilette. Anschließend nahm ich einen kleinen Umweg und lief flink in ein Bekleidungsgeschäft. Hier ging alles ratzfatz. Ich fand fix eine Strickjacke in den Farben der obligatorischen Dienstkleidung, zahlte, zog das wärmende Kleidungsstück sofort an und riss im Rennen das Preisschild ab.

Gut gelaunt – weil überlebt – lief ich zurück in die Filiale und strahlte Berthold an. Er reagierte nicht.

»Naaa?!«, sagte ich.

»Na«, sagte er.

Ich drehte mich um die eigene Achse und präsentierte mich wie auf dem Laufsteg.

»Fällt dir was auf?«, kokettierte ich und zuppelte ein wenig an der Strickjacke.

Berthold guckte, guckte einmal, guckte zweimal und ich ahnte, dass ihn zuhause wohl auch seine Ehefrau das ein oder andere Mal mit dieser Frage konfrontierte. Ich sah ihm an, dass er keinen Fehler machen wollte. Bei all seinen Überlegungen verdrängte er offensichtlich, dass ich Marathonerfahrene höchstens sechseinhalb Minuten weg war. Noch einmal sah er mich an, um dann ernsthaft zu fragen: »Warst du beim Friseur?«

Fassungslos schüttelte ich den Kopf.

Ich wünschte ihm von Herzen, dass zuhause seine Antworten näher an der Wahrheit liegen würden, denn ich wünsche ihm noch eine sehr lange und glückliche Ehe.

15

Operation 007

Das Leben besteht aus Aufgaben. Ich erfülle sie pflichtbewusst, manche mit großem Missfallen. Auf andere freue ich mich wie Bolle, so wie auf diese Agentengeschichte, die mir kürzlich konspirativ untergeschoben wurde. Ich muss gut überlegen, wie viel ich davon preisgebe, schließlich ging es um eine Operation, die top-secret war. Es galt, Geheimnisse zu hüten und Schaden von – ja, so kann man es sagen – der Menschheit abzuwenden. 007 war genauso im Spiel wie Gangster und Banditen. Es war ein Wettrennen gegen die Zeit.

Okay, ich verrate es doch: Es ging um einen Kindergeburtstag. Ich liebe Kindergeburtstage. Auf meinen eigenen wurde Topfschlagen gespielt, Wattepusten und Blinde Kuh – wunderbar. Für meine Kinder hatte ich mir meist eine Rallye ausgedacht, die quer durch den Ort führte. Oft gab es ein Motto, so wie damals die Geisterjagd, die auf einem Spielplatz enden sollte. Dort wartete meine Schwester – als Gespenst in weiße Bettlaken gehüllt – mit der Schatzkiste. Nachbarn riefen die Polizei, sagten, auf dem Spielplatz triebe sich eine verdächtige Gestalt herum. Ich konnte die Verhaftung meiner Schwester gerade noch verhindern.

Nun folgt die nächste Generation und mein Schatzsuchererfindergeist ist wieder gefragt. Da fühle ich mich nicht nur geschmeichelt, da kribbelt die Vorfreude in mir wie eine Ameisenarmee, die quer über meinen Bauch krabbelt.

Eine Agentengeschichte soll es werden. Oh, das ist schon eine Herausforderung. Konnte ich mir für die Dinosaurierstory neulich noch das nötige Fachwissen anlesen, verhält es sich mit Agenten anders. Geheimhaltungskodex und so.

Trotzdem gab ich mir Mühe, dachte mir zuerst die Geschichte aus. Banditen hatten einen bösen Plan entwickelt, wollten die Schule zerstören. Das sollte bei Siebenjährigen doch noch zu sofortigem Tatendrang führen. Ich dachte mir einen Code aus, für den die Kids Hinweise im Wald finden, tüfteln und alles in die richtige Reihenfolge bringen mussten. Der Code war eine Telefonnummer, meine Telefonnummer. Die Kinder sollten die Nummer wählen und dann ein Video geliefert bekommen, in dem zu sehen ist, wie der böse Plan vernichtet wird.

Operation 007 geglückt.

Schule gerettet.

Kinder happy.

Klingt machbar.

Nur das Video, wie sollte das aussehen? Ich bin ja keine Zerstörerin, habe wenig Erfahrung mit bösen Plänen, und eine Kamerafrau bin ich erst recht nicht. Aber ich gebe auch nicht schnell auf. Und so kam es, dass sich meine Küche in ein Versuchslabor und Filmstudio verwandelte. Nach etlichen Experimenten und einem ordentlichen Verbrauch von Klopapierrollen, Kerzen, Tuschfarben, Streichhölzern, Batterien, Salzsäure, Phosphor und Ammoniak hatte ich herausgefunden, dass es eine Dematerialisation gibt, wenn Filzstiftschrift auf Küchenkrepp mit Wasser in Berührung kommt. Nun musste eben jenes Phänomen nur noch auf

Zelluloid gebannt werden. Mangels Filmkamera nutzte ich mein Handy und statt auf Zelluloid bannte ich auf Gold, Palladium, Gallium, Germanium, Indium, Neodym, Tantal, Kobalt, Lithium, Platin, Wolfram, Zinn, Seltenen Erden und was sonst noch so in Handys steckt.

Ich schrieb ein Drehbuch, legte Regieeinstellungen und die Kameraführung fest und plante den Ton. Mit dem Ton begann ich. Ich orientierte mich an Hans Zimmer – darunter wollte ich gar nicht erst anfangen – spielte ein paar dunkel bedrohliche Töne auf dem Klavier und nahm sie auf. Mangels doppelter Tonspur nutzte ich Laptop und Handy gleichzeitig. Während ich die nächsten Töne aufnahm, spielte ich die bereits aufgenommenen ab. Ich war sehr zufrieden mit meiner Mischung aus Klavierklängen, Mundharmonikamusik à la Ennio Morricone, Wasserglas-Strohhalm-Gegluckere, verstellter Räuberstimme und knisterndem Papier.

Fürs Filmen baute ich ein professionelles Set auf. Der Laptop, auf dem die Tonspur ablief, stand halb aufgeklappt im Regal über dem Set. Den bösen Plan (das beschriftete Stück Küchenpapier) legte ich in eine rabenschwarze Auflaufform, schaute durch die Linse meines Kinetographen (okay, aufs Handydisplay) und fand es wenig spektakulär.

Mehr Requisiten mussten her.

Ich drapierte blutroten Taft unter den Plan, eine stroboskopisch flackernde Lichterkette aus meinem Weihnachtsfundus drum herum, testete die Wasserzuführung zur Planvernichtung und vernichtete (mindestens viermal) versehentlich den Plan.

Die Kameraposition war ein kritisches Unterfangen. Sie musste fixiert werden, damit ich beide Hände frei hatte, wenn ich mir das Kommando »Wasser marsch!« geben würde. Ich wollte das Handy hinlegen, um eine Vogelperspektive zu bekommen, würde sorgfältig justieren müssen, um den Saum des Taftstoffes nicht im Bild zu haben, genauso wenig wie den Stecker der Lichterkette, die Düse der Sprühflasche und das Milchkännchen, aus dem sich ein Wasserschwall auf den Plan ergießen würde. Die ideale Konstruktion bestand aus einem Dutzend Aufbewahrungskisten mit Deckeln, zwei Stapeln Büchern – beste Literatur – einem darüber V-förmig ausgeklappten Zollstock und einer ordentlichen Portion Hoffnung, dass das liegende, filmende Handy nicht im grandiosen Finale durch die Glieder des Zollstocks ins alles vernichtende Wasser rutscht.

Nun aber: Ton ab, Kamera läuft, und bitte!

Nach »Klappe, die vierhundertachtundneunzigste«, war die Szene im Kasten, die Küche glich einem Trümmerfeld, mein Herz machte glückselige Hüpfer.

Der Geburtstag, der siebte, kam.

Die Kinder waren pfiffig.

Sie knackten den Code.

Sie riefen an.

Ich schickte den Film.

Ich wartete.

Und dann bekam ich ein Video. Eine Horde Siebenjähriger hockte über einem Handy und guckte sich mein oskarreifes Böse-Plan-Vernichtungs-Movie an. Und was machten sie? Was machten sie eindeutig und unüberhörbar?

Sie kicherten!

Hm, ich bin nicht sicher, ob sie ihren Erfolg feierten und Freude und Spaß zeigten, oder ob sie mich ein klitzekleines bisschen auslachten, weil sie vielleicht meine mühevoll

verstellte Stimme erkannten, doch die Düse der Sprühflasche entdeckt hatten oder ahnten, dass ein kleines Stück
Küchenkrepp niemals ein wirklich böser Plan sein konnte.

Aber egal.

Die Schule war gerettet und ich war selig.

16

Jetzt

Kranksein macht mich depressiv und nachdenklich, besonders wenn nicht mindestens fünf Mal am Tag jemand anruft und fragt, wie es mir geht. Oder wenn mich Menschen ignorieren, die mich in dieser schlimmen Situation nicht ignorieren sollten. Ich habe eine Erkältung. Und nein, ich bin kein Mann. Ich leide trotzdem. Und ausgerechnet jetzt werde mit der Frage konfrontiert, welche Gedanken mich wohl auf meinem Sterbebett umtreiben werden.

Das ist zeitlich sehr unpassend, Leute!

Mir wird suggeriert, im Alter ginge es um das, was man im Leben erlebt habe. Geputzte Fenster zählen da offensichtlich nicht. Ich müsse jetzt etwas Besonderes machen, sonst habe ich später nichts, an das ich zurückdenken kann. Das Besondere scheint zudem immer mit Reisen verbunden zu sein.

Ich bin ja durchaus auch schon etwas rumgekommen in der Welt, und ein winziges Stück Kanada betrachte ich als mein zweites Zuhause. Ich will auch niemals vergessen, wie sich Fallschirmspringen und Motorradfahren anfühlt. Aber es geht gar nicht um diese Dinge, die so aufgeplustert und spektakulär daherkommen.

Auf meinem Sterbebett will ich auch davon erzählen, wie mein Vater mir beigebracht hat, einen Bleistift mit dem

Messer anzuspitzen und daran, wie ich mit meiner Mutter die Kälber gefüttert habe. Ich hoffe, von jenem Herbst mit den ganz außergewöhnlichen Farben berichten zu können. Von dem Gottesdienst, in dem mein Sohn die Weihnachtsgeschichte las, von dem Tag, als meine Tochter mir sagte, dass sie ein Baby bekommt. Mein Grinsen im Gesicht soll wiederkommen, so wie damals, als ich das Wort »Universität« auf dem Conti-Hochhaus vom Schnellweg aus lesen konnte, nachdem ich grad die Abendschule erfolgreich abgeschlossen hatte und in ebenjener Uni immatrikuliert war. Ich will mich an das beglückende Gefühl erinnern, barfuß durch Schnee oder taunasses Gras zu laufen. Unser Findlingshamster möge mir einfallen, der sich über Nacht verzehnfachte. An meine ölverschmierten Hände will ich denken, weil mir immer die Fahrradkette absprang, wenn ich aus dem Garbsener Wald kam und den Hügel in die Masch hinunterraste, immer zu schnell. Das Zelten mit meinen Kindern soll mir in den Sinn kommen. An all die verschiedenen Blumen will ich denken, die mir Freude bereitet haben, die ich gepflanzt, gepflückt, gewunden und gebunden habe. An Geschichten will ich mich erinnern, welche, die ich las, jene, die ich schrieb. Meine kleine Lieblingspostkundin soll mir in den Sinn kommen, die immer so strahlte, wenn sie mich sah. An den Duft von Raps will ich denken, an den von Wicken und an den der Zuckerfabrik, der im Spätherbst bis zu uns herüberwehte.

Was ich sagen will: Lasst mich zufrieden! Ich bin krank und knöterig, habe jede Menge Fehler im Leben gemacht und allen Grund grantig und unzufrieden zu sein. Aber ich habe auch schon einen riesengroßen Sack voller Erlebnisse, voller Geschichten, lustige, fröhliche und ja, auch traurige. Es braucht kein Geld, es braucht keine Reisen, und es braucht auf keinen Fall diese ständigen Mahnungen, jetzt aber endlich was zu machen. Fast jeder Tag bringt etwas mit sich, was sich in Marmeladengläser füllen und zuschrauben lässt, um es später, wenn wir alt sind hervorholen zu können.

So, und ich werde vorm Älterwerden erstmal wieder gesund. Basta!

17

Vom Blick in den Spiegel

Mit der Eitelkeit ist es ja so eine Sache. Man hat sie oder man hat sie nicht. Ich bin nicht nur nicht eitel, ich würde es nicht einmal bemerken, wenn jemand den Badezimmerspiegel abbauen würde. Ich gucke beim Händewaschen auf die Hände, beim Zähneputzen durch den Spiegel hindurch, durch die Stube bis auf den Balkon und überlege, wann ich am besten die Blumen gieße. Wenn der Spiegel nach dem Duschen beschlagen ist, male ich gedankenverloren mit dem Finger Mondgesichter. Eitelkeit gilt als übertriebene Sorge um die eigene Vollkommenheit. Ich habe längst erkannt, dass Vollkommenheit für mich unerreichbar ist, also lasse ich das Streben danach gleich sein. Außerdem gibt es noch diese alte Bedeutung von Eitelkeit, gleichbedeutend mit Vergänglichkeit, und dabei muss ich mir erst recht nicht zusehen.

Meine Schwester ist ganz anders, in meinen Augen nah am Vollkommenen. Bei ihr passt die Farbe des Lippenstifts perfekt zu der ihrer Schuhbänder. Wenn sie ihre Haare färbt, lässt sie kein einziges aus und es würde im Leben nicht passieren, dass ihre Hose zu lang, zu kurz, zu weit oder zu eng ist. Sie hat diesen Wesenszug von unserem Vater, und der hat ihn vom alten Goethe, der gesagt hat, ein Mensch, der eitel sei, könne nie ganz roh sein, denn er wünsche zu gefallen und so akkommodiere er sich anderen.

Während mein Vater in seine spärlichen Haare einen akkuraten Scheitel zieht, schlage ich im Duden nach was »akkommodieren« bedeutet: anpassen, angleichen. Verstehe, Resthaar zu Schädel, Lippenstift zu Schnürsenkel. Watt mutt, dat mutt.

Mein Papa ist nicht mehr so gut zu Fuß, das hat aber keinen Einfluss auf sein äußeres Erscheinungsbild, da hat er alles im Blick, der Spiegel an der Garderobe und der Handspiegel im Körbchen des Rollators. Nur im Bad, da hatte er Probleme. Viel verrichtet er hier nun im Sitzen, der Badezimmerspiegel ist da zu hoch. Nun habe ich ihm eine Spiegelfliese in Sitzaugenhöhe geklebt – habe selten solch wiederkehrende Begeisterungsstürme erlebt. Seit die Spiegelfliese klebt, kleben auch die mit Haarpomade fixierten Strähnen wieder akkurat, kein Nasenhärchen bleibt unentdeckt und Krümel im Mundwinkel auch nicht.

So langsam verstehe ich, was meine Schwester schon längst verstanden hat, Goethes Gedanken zu Anpassung und Rohheit. Bislang hatte ich gedacht, ich sei weit davon entfernt, roh zu sein und akkommodierte längst, nur irgendwie anders. Aber ich bin da nicht mehr vollkommen ohne Zweifel. Vorsichtshalber habe ich nicht nur damit begonnen, nach dem Duschen, den Spiegel mit einem Handtuch frei zu polieren. Ich gucke auch rein. Sicher ist sicher.

———

18

Achtunddreißig

In Papas Blut sind die Kaliumwerte zu hoch. Der Arzt hat ihm geraten, Nudeln zu essen.

Mama kocht.

Als ich komme, um nach dem Rechten zu sehen, berichtet sie stolz, dass sie heute achtunddreißig Gramm Nudeln für Papa gekocht habe.

»Was?«, frage ich. »Wie viel?«

»Achtunddreißig Gramm«, wiederholt sie selbstbewusst.

»Häh?« Ich neige gewöhnlich nicht zur Begriffsstutzigkeit. Habe ich es etwa mit den Ohren?

»Achtunddreißig Gramm«, sagt Mama abermals, diesmal mit fröhlichem Singsang in der Stimme. Sie betont, dass es genau die richtige Menge gewesen sei. Es gab ja auch noch Beilagen.

Wir haben früher Kartoffeln angebaut und keine Nudeln, und vermutlich kocht Mama deshalb sowieso lieber Kartoffeln als Nudeln. Kartoffeln mit Salz, für die Suppe, für Klöße oder Brei, Bratkartoffeln oder Gratin.

Ich fasse es trotzdem immer noch nicht. Sie habe doch nicht ernsthaft achtunddreißig Gramm gekocht, zweifele ich an. Wie viel sind denn achtunddreißig Gramm Nudeln überhaupt, frage ich mich. Eine Handvoll? Eine kleine Handvoll? Höchstens. Ich habe in meinem ganzen Leben noch nie Nudeln abgewogen. Vielleicht habe ich irgendwann mal ein halbes Pfund gekocht, grob geschätzt, eine halbe Tüte ins kochende Wasser geschüttet. Wie wiegt man auch achtunddreißig Gramm ab? Dazu braucht man doch eine Briefwaage.

Eigentlich ist meine Mutter eine versierte Haushaltsexpertin, aber mir scheint, ich muss ihr kochorganisatorisch etwas auf die Sprünge helfen. »Nudeln kannst du ruhig immer in großen Mengen kochen, Mama«, hole ich aus. »Wenn welche übrig bleiben, kann man da wunderbar Salat daraus machen. Nudelreste kann man auch in der Pfanne braten oder Nudelauflauf machen, lecker mit Käse überbacken.«

Kein Zweifel, meine Mutter ist eine versierte Haushaltsexpertin. Sie verzichtet dankend auf meine wohlgemeinten Ratschläge.

Dann kommt Papa um die Ecke und berichtet vom Mittagessen. Gestern habe es auch schon Nudeln gegeben, erzählt er angesichts der Abwechslungslosigkeit klaglos. Gestern seien es aber zu viele Nudeln gewesen, moniert er ein klitzekleines bisschen. Mama nickt verständnisvoll.

»Gestern waren es fünfzig Gramm. Da musste ich etwas nachjustieren.« Sie zuckt mit den Schultern. »Nun passt es. Achtunddreißig Gramm sind die perfekte Menge.«

Ich resigniere. Was bilde ich mir eigentlich ein? Es gibt nichts, gar nichts, was man einer Frau mit über 68-jähriger Erfahrung in Ehe und Küche noch beibringen könnte.

———

19

Die Macht des Watts

Ich könnte jeden Tag jubeln, weil ich nicht mehr arbeiten muss und jeden Samstag heulen, weil ich nicht mehr mit Andrea zusammen Kaffee trinken kann. Als wir noch nebeneinanderstanden, Briefmarken verkauften und Pakete stapelten, frühstückten wir uns regelmäßig Kraft und Kalorien an. Umso mehr freute ich mich jetzt auf das Frühstück, das wir planten, zumal es nicht in den schäbigen, schmuddeligen vier Wänden stattfand, die unser Arbeitgeber Aufenthaltsraum nannte. Nein, wir trafen uns unter Nordseewolken, bei Möwengeschrei und kalten, salzigen Winden. Und wir frühstückten nicht nur, sondern ließen es uns richtig gut gehen. Andrea liebt die Sonne und das Wasser und schon im Laufe des Vormittags holten wir Petrus auf unsere Seite und er pflückte die Wolken vom Himmel. Und als die Ebbe das Wasser entführte, legte sich Andrea entspannt auf die Decke. Ich liebe auch die Sonne und das Wasser, aber ich liebe auch das Watt. Ich marschierte los. Die weißen Bojen, die sich wie dicke, erntereife Champignons in der Ferne im Schlick lümmelten, waren mein Ziel. Schon nach wenigen Metern erfüllte sich eine Sehnsucht in mir. Diese Ruhe. Das Watt schluckt alles, unliebsame Töne genauso wie dunkle Gedanken. Ich atmete tief ein und aus, lief und lief. Den halben Weg bis Grönland hatte ich schon geschafft. In der Ferne, hinter dem Watt, konnte ich schon das brausende Meer erkennen.

Plötzlich sah ich ein freundlich lächelndes Paar wenige Meter vor mir. Es steuerte strahlend auf mich zu. Sie würden reden, vermutete ich. Ob das Watt die Stimmen dieses Mannes, dieser Frau schlucken würde? Ob es die Leute womöglich lächelnd weiterziehen ließ und mir noch ein wenig die Stille gönnte?

Nun, man darf die Macht des Watts nicht überschätzen.

Diesen netten Menschen war ihre Freundlichkeit schon von Weitem anzusehen. Unwillkürlich musste ich lächeln. Das konnte natürlich schnell als Einladung missverstanden werden. Sie kamen näher.

»Diese Ruhe«, sagte der Mann zur Begrüßung, die Frau nickte. Ich lächelte nur. »Ist es nicht herrlich hier?«, fragte er. Seine Frau nickte wieder. In seiner Stimme klang Begeisterung, als »einfach fabelhaft« aus ihm heraussprudelte.

Er sprach mir aus dem Herzen, trotzdem wollte ich weitergehen, dahin, wo kleine schaumgekrönte Wellen auf das riffelige Watt perlten.

»Wir kommen aus Hannover«, berichtete der Mann. Aha, gab ich mich staunend, war aber schon jetzt beschämend uninteressiert. »Wir sind heute Morgen angekommen. Die Autobahn war vollkommen frei.«

Das wusste ich, wir waren auch heute Morgen gekommen, waren womöglich hintereinander hergefahren.

»Gucken Sie mal! Da wohnen wir.« Er zeigte auf ein Haus direkt am Strand. Mein unachtsamer Blick folgte seinem Zeigefinger. »Nein, nicht da«, korrigierte er. »Da, da hinter den Bäumen.«

Ich konnte die Unterkunft erahnen.

»Ach, ist es nicht schön hier? Und so ruhig.«

Ich lächelte und fragte mich, wie genau dieser

Mechanismus funktionierte. Wann schluckte das Watt nochmal Geräusche und wann nicht?

»Früher waren wir immer da drüben, als unsere Tochter noch klein war.« Er schaute gen Westen. Seine Frau lächelte in seliger Erinnerung, ich schloss mich ihr an. Ach ja, Nordseeurlaube mit den Kindern. Die schlickverschmierten Gummistiefel, die Eimer voller Muscheln, die Kescher, die Drachen, die Fahrradtouren, das kleine Zelt, die Dosenravioli vom Campingkocher ...

»Wir können ja nur eine Woche bleiben, dann muss sie Kartoffeln roden«, er lachte und deutete mit seinem Kopf in Richtung der Frau. »Erbsen haben wir auch«, fuhr er fort, »jede Menge, müsste unsere Tochter pflücken. Aber die hat keinen grünen Daumen.« Die Frau seufzte, der Mann zuckte mit den Schultern. »Aber sie kann andere Sachen.« Stolz schwang in seiner Stimme mit und das machte ihn mir noch sympathischer.

Das Watt spendet Langmut.

»Wir haben eine Kreuzfahrt gemacht.«

Irgendwie hatte ich den Themenwechsel verpasst.

»Eine Flusskreuzfahrt – haben wir zur Goldenen Hochzeit geschenkt bekommen«, konkretisierte er. Er ist Rentner, hatte bei der Bahn gearbeitet und schimpfte über die Umstrukturierungen.

Goldene Hochzeit, fünfzig Jahre – wie schafft man so etwas, fragte ich mich. Vielleicht indem einer redet und eine zuhört. Sie lächelten beide glücklich und zufrieden. Ich fand es wunderbar. Trotzdem wollte ich es gern noch bis zum Wasser schaffen, bevor die Flut kam. Ich sagte es freundlich.

»Ja, dann schönen Urlaub noch«, wünschte er und wand

sich zum Gehen. Sie nickte. Dann warf er noch einen Blick über die Schulter zu mir. »Wie lange bleiben Sie?«

»Wir fahren heute wieder«, antwortete ich.

»Oh«, sagte er, blieb wieder stehen und sah mich bedauernd an. »Na ja, bestimmt ist die Autobahn wieder frei.«

Bestimmt, dachte ich.

»Aber an einem Tag hin und zurück ... bei den Spritpreisen.« Er zeigte echtes Mitgefühl. Ich hob resignierend die Arme, sagte aber nichts.

»Dann noch eine schöne Zeit«, wünschte er, sie lächelte.

»Die wünsche ich Ihnen auch«, erwiderte ich von Herzen. Nette Menschen. Von ihrer Zufriedenheit nahm ich etwas mit auf meinem Weg zu den dicken, weißen Bojen, und gleichzeitig wunderte ich mich etwas über diese Redeflut oder war es eher eine Mitteilungsflut oder wollte er einfach nur seine Mitmenschen mit Freude überfluten? Geteilte Freude und so ...

Andrea hatte uns vom Strand aus beobachtet und war schon ganz neugierig auf das, was uns drei, die wir gemeinsam mit den Füßen im Schlick steckten, so lange miteinander hatte klönen lassen.

Ich erzählte von der Goldenen Hochzeit, von der Tochter, die keine Erbsen pflücken würde, von der Bahn und der Flusskreuzfahrt. Wir wunderten uns beide, wie offenherzig wildfremde Menschen im Watt so sein konnten.

Was für ein schönes Wort übrigens: Offenherzigkeit.

20

Weihnachten steht im Kalender

Weihnachten steht im Kalender. Ehrlich! Gucken Sie mal nach!

Aber ja, ich weiß, es gibt Menschen, die haben gar keinen Kalender. Und: Klimawandel hin oder her, Schneefall als zuverlässiger Indikator fällt inzwischen genauso weg wie die urbane Festbeleuchtung, weil die schon kurz nach Ostern installiert wird.

Ich liebe Weihnachten, habe es schon immer geliebt, zum Beispiel als Kind, wenn durch die Ritzen der abgeschlossenen Stubentür dieses besondere Licht von den Tannenbaumkerzen schimmerte. Wie schön war es, als meine Kinder klein waren und ich heimlich im Keller werkelte, die Puppenstube oder den Bauernhof schreinerte oder später beim Weihnachtsgottesdienst am Lichtschalter in der Sakristei hockte, um meine Krippenspielkindergottesdienstkinder im rechten Moment erstrahlen zu lassen.

Weihnachten ist ein Fest der Tradition, der Wiederholungen, des immer, immer, immer Wiederkehrenden, grundsätzlich wunderbar – nur dann etwas nervend, wenn man am Postschalter steht. Dort wiederholt sich mit einer einzigen Frage alle Jahre wieder ein Schauspiel, das eigentlich längst für Hornhaut auf meinen Nerven hätte sorgen müssen – es aber nicht hat. Im Gegenteil. Ich rege mich alle Jahre wieder maßlos darüber auf. Es ist nämlich so, dass es immer mindestens einen Kunden oder eine Kundin gibt, die am Heiligen Abend kurz vor Schalterschluss trödelig in die Filiale trudelt, ein großes buntes Paket mit dicker roter Schleife auf den Tresen knallt und fragt – ernsthaft fragt! – ob das Paket noch rechtzeitig zur Bescherung ankommt.

Wer diesbezüglich mit jahrzehntelanger Erfahrung ausgestattet ist, erkennt diese Plagegeister schon auf den ersten Blick. Für gewöhnlich bleibe ich freundlich, das ist mein Naturell. In diesem Jahr allerdings, so nahm ich mir vor, würde ich es anders machen. All meinen Mut würde ich zusammennehmen und mit ernster Miene versichern, dass das Paket selbstverständlich noch ankommen würde. Gleich nachdem ich die Filiale abgeschlossen hätte, würde ich es auf meinen gummibereiften (wir erinnern uns: Klimawandel!) Schlitten hieven, meine Rentiere satteln und sie in die Hufe kommen lassen. Dann ginge sie los, meine wilde Fahrt durch die Republik über Flensburg und Hamburg, Berlin, Frankfurt, München. Das Paket würde ein wenig durchgeschüttelt, gemeinsam mit all jenen, die andere Schusselköppe ohne Kalender ebenfalls auf den letzten Poeng abgeliefert hatten. Ich würde auf Dächern balancieren und die Geschenke durch die Schornsteine werfen, um sie punktgenau unter den Weihnachtsbäumen zu platzieren.

Ja genau, all das würde ich sagen, laut, mit puterrotem Kopf. Dann würde ich einen Moment schweigen und das peinliche Berührtsein der Kundschaft genießen und erst dann eine Richtigstellung brüllen: »Nein! Das mache ich natürlich nicht. Rufen Sie gefälligst Ihre Liebsten an und sagen sie ihnen, die sollen ihre Bescherung auf den zwölften Januar verschieben, dann ist Ihr Paket vielleicht pünktlich da. So, und jetzt verschwinden Sie. Ich will abschließen!«

Ja, genau so wird es in diesem Jahr laufen.

Muss es auch.

Ich will pünktlich Feierabend machen an diesem Heiligen Abend. Ich muss nämlich noch einkaufen. Ich brauche noch Kekse, eine neue Lichterkette, zwei Geschenke und eine Gans. Ja, eine Gans brauche ich auch noch.

Ach ja, Weihnachten kommt immer so plötzlich.

———

21

Waldmeisterwackelpudding und Winkeärmchen

arum ich ausgerechnet bei der Wassergymnastik an Wackelpudding denken musste? Also bitte! Da mag es tausend Gründe geben.

Aber es stimmt schon, ab einem bestimmten Alter wackelt bei Frauen eben so einiges.

Außerdem muss ich schon im nächsten Moment an Leo denken. Er ist etwas jünger als ich und eben keine Frau und kann daher gar nicht wissen, wie es sich anfühlt, wenn Spannkraft und Elastizität der Haut nachlassen.

Das heißt: Doch, das weiß er sehr wohl. Er fummelt nämlich liebend gern und schadenfroh kichernd an meinen Winkeärmchen herum.

Beim Aqua-Sport mag man die auch sehen, aber nur die. Denn alle anderen kapriziösen Kurven lassen sich bequem in einen hübschen Einteiler aus Polyamid, Elasthan und Polyester mit Softcups und Standardträgern quetschen. Badeanzüge werden ja nicht ohne Hintergedanken mit so hübschen Formulierungen wie »shape«, »Formkraft«, »feel good« oder »Figurwunder« beworben. Das verändert die Selbstwahrnehmung um einiges. Da kommt selbst bei Trägerinnen, die Rubens' erste Modelwahl gewesen wären, die Vermutung auf, ihre gutherzig flabbrige Haut sei straff und stramm.

Wie auch immer, bei der Wassergymnastik verschwindet eben vieles unter der Oberfläche und ist für eine Dreiviertelstunde nicht mehr zu sehen. Der Gedanke an Wackelpudding und an Leo aber bleibt.

»Und nun das linke Knie anziehen«, holt mich die Trainerin aus meinen Puddinggedanken, und ich tue, wie mir geheißen. Die rechte Hand fängt an zu rudern, ich verliere das Gleichgewicht, kippe nach rechts und schlucke eine Ladung Wackelpuddingwasser – Waldmeisterwackelpuddingwasser, um es mal zu präzisieren.

»Jetzt schieben wir den rechten Arm zur Seite, den Daumen nach oben, und drehen den Körper so weit es geht nach hinten«, kommt das nächste Kommando. Leo spukt immer noch in meinem Kopf herum, als ich mich in Richtung der göttlichen Nachspeise drehe.

Warum das so ist? Es gibt eine einfache Erklärung für die süße, grüne Glibbermasse in meinem Hirn. Das Licht ist die Ursache. Eine Illusion, wie bei großen Magiern. Grünleuchtende Glühbirnen verwandeln das Schwimmbecken in einen mystischen Jungbrunnen, geben dem Wasser die hundertprozentig identische Farbe wie Waldmeisterwackelpudding. Mir läuft schon das Wasser im Mund zusammen.

Ich weiß, der Pudding hat achthunderfünfundsechzigtausend Kalorien und mindestens eine Million Zuckerkrümel, mit Vanillesoße kommt noch ein Pfund drauf. Trotzdem werde ich auf dem Rückweg vom Sport welchen einkaufen.

Was scheren mich meine Winkeärmchen? Außerdem liebe ich es, wenn Leo kichert.

Und ich bin ganz sicher, dass auch er sich freuen wird.
Alle Kinder mögen Wackelpudding.
Leo ist sieben.

———————

22

Von Photosynthese und Harnröhren

Sind Sie eine Frau?
Dann kennen Sie das.
Männer hingegen kennen das gar nicht. Haben nicht den Funken einer Ahnung. Ihnen sind ja nicht einmal unsere Lebensspender heilig, diese Photosynthese betreibenden Riesen. Ich spreche von Bäumen.

Gleichzeitig denke ich an Harnröhren, die bei Männern bekanntermaßen länger sind. Und ich denke an Blasen, nicht die an den Füßen, sondern die unterhalb der Nieren, die bei Männern ein größeres Fassungsvermögen haben.

Trotzdem.

Trotzdem stellen sich Männer – selten versteckt, meist gut sichtbar – an den nächstbesten Baum, sobald sie auch nur einen Tropfen Kaffee zu viel getrunken haben und der jetzt auf die Blase, die voluminöse drückt. Mindestens jeder zweite Baum in diesem Land ist zu seinem Fuße männer-uringetränkt.

Frauen sind da anders. Es braucht eine ganze Kanne Kaffee, eine Flasche Winzerwein oder ein paar Bierchen mit Blümchen und dann setzt erstmal ein Reflex ein: Zusammenkneifen, was das Zeug hält, Disziplin, Durchhalte-vermögen, Leidensfähigkeit und Schnappatmung.

Genauso war es an jenem Abend bei mir und meiner Freundin P... äh, nee, man muss trotz aller Authentizität auch mal Identitätsschutz betreiben. Ich nenne meine Freundin jetzt mal Pippi, das passt – wegen der langen Strümpfe, was sonst?

Pippi und ich waren auf einem Konzert, einem wunderbaren, Open Air, großartiges Wetter, die schönsten Melodien, ein prall gefüllter Picknickkorb und – Dixi-Klos.

Es dauerte herrlich lange. Als unsere Tupperdosen und Getränkeflaschen leer waren, kamen auch die Musiker zum Ende. Super Timing, möchte man meinen. Leider setzte zeitgleich auch das drängelnde Gefühl unterhalb der Nieren ein und ich setzte dem ein vorsichtiges Kneifen entgegen. Ich sah hinüber zu den Dixis. Nö, schmollte ich innerlich und aktivierte Disziplin und Durchhaltevermögen.

Wir marschierten kilometerweit zu Pippis Auto und plötzlich sah ich das Pipi in Pippis Augen, ausgelöst durch das Eintreten in die Endphase des Zusammenkneifmodus. Aha, ihr ging es nicht besser als mir. Ich sah das Auto an und begann mich vor Pippis Fahrweise zu fürchten, etwas ruppig mitunter und ab und an ungestüme Bremsmanöver. Ich wusste sofort, dass das nicht gut ausgehen würde.

Hätten wir nur die Dixis nicht so schmählich ignoriert. Nun war es zu spät.

Ein Baum, ein Baum, ein Königreich für einen Baum. Photosynthese hin oder her, wir brauchten eine Lösung.

Tausende Konzertbesucher lustwandelten um uns herum, fröhliche Fahrradfahrer fuhren Slalom, im Kopf wohl noch den Takt der Musik. Autofahrer schlossen ihre Fahrzeuge auf, Abblendlicht blendete.

Jeder Mann – jeder Mann! – hätte sich jetzt frank und

frei an den nächsten Baum gestellt. Unsere Disziplin weichte gleichzeitig auf. Es war längst dunkel, Photosynthese findet bei Sonnenschein statt.

Wir sahen uns an und einigten uns wortlos. Einen menschenleeren Minimoment passten wir ab und schlugen uns in die Büsche, dankten dem Neumond und verfluchten die LED-Scheinwerfer der heranradelnden Radler.

Bei Tageslicht hätte man unser sorgfältig auserkorenes Örtchen Präsentierteller nennen können. Egal. Wir pinkelten synchron. Alles raus aus kurzer Harnröhre und kleiner Blase. Hose hoch und im gleißenden Fahrradscheinwerferlicht wieder raus aus den Büschen.

Doch, wir schämten uns. Aber nur ein bisschen, und vor allem schämten wir uns kichernd und glucksend. Mit dem unerschütterlichen Gleichmut, mit dem Männer an Bäume pinkeln, begegneten wir erhobenen Hauptes den irritierten Blicken der Radfahrer.

Es gibt sie eben, die Unterschiede zwischen Männern und Frauen. Na und? Da müssen wir durch. Alle.

———————

23

Uropa und die Tafelrunde

D er Gesangverein feiert seinen 125. Geburtstag. Ein stolzes Alter für einen Verein. Allerdings handelt es sich ja nur in der Datenbank des Registergerichts um einen Verein. In Wirklichkeit geht es um die Liedertafel, denn das Ganze hat an einer Tafel begonnen, so wie die Tafelrunde von König Artus, wer kennt ihn nicht? Ganz unterschiedliche Menschen – ach nee, Männer – saßen vergnügt an einer Tafel, tranken vielleicht ein Bier und aßen ein Käsebrot oder so, und stellten holterdipolter fest, dass sie ja etwas miteinander verband. Der Schuster, der Schneider, der Viehhändler, der Bauer und der Lehrer oder was für Berufe sie auch immer hatten, eines hatten sie gemeinsam: Sie sangen gern.

Fabelhaft.

Schon war der Chor gegründet.

Und schon feiert er 125. Geburtstag.

Und schon saß ich im vollbesetzten Gemeindesaal und freute mich.

Hätte Annette nicht gefragt, ob ich kommen wollte, hätte ich es womöglich gar nicht mitbekommen. Nun aber saß ich in der dritten Reihe, mit einem gut gelaunten Nachbarn zu meiner Linken, dessen Armbanduhr ausgerechnet heute stehen geblieben war. Na, nun habe er eine Standuhr, scherzte er. Wir brauchten sowieso keine Uhr, denn die Sängerinnen und der Sänger marschierten fröhlich rein und machten singend klar, dass sie jetzt eine Show abziehen würden. Nein, das ist kein übertriebenes Gendern. Die Tafelrunde hatte sich emanzipiert, es gibt offensichtlich nur noch einen Quotenmann.

Die Show ist lustig und launig, es wird musikalisch getafelt, gewitzelt und Infos gibt es obendrein, zum Beispiel über die korrekte Handhabung von Servietten.

»Ich kann aus einer Serviette eine Artischocke falten«, flüstert mir mein Sitznachbar zu und knickt sein Jubiläumsprogramm flugs zu einem distelartigen Korbblütler. Also ehrlich, wenn man in Sachen Kultur unterwegs ist, gibt es ausnahmslos etwas zu lernen. Auch auf dem Dorfe.

Ich lernte noch mehr, nämlich etwas über die Historie des Vereins. Ob Nachfahren der Gründer anwesend seien, wurde gefragt, niemand meldete sich. Und dann kam der Hammer. Die Namen der Gründer wurden vorgelesen. Wer war darunter? Mein Uropa. Ist es zu fassen? Ich folgte dem Konzert mit noch größerer Begeisterung als ohnehin. Ich wandelte ja sozusagen auf Uropas Spuren, na gut, auf der falschen Seite der Bühne, aber immerhin.

Eigentlich singe ich auch außergewöhnlich schön – finde ich. Es gibt Menschen, die das nicht finden, aber da wird Neid im Spiel sein. Leider kann ich mein musikalisches Talent – jetzt weiß ich wenigstens, von wem ich es habe – gar nicht richtig ausleben. Ich singe nur unter der Dusche, spiele nur im Auto Mundharmonika und Klavier nur mit Kopfhörern. Ach, was für ein eingeschränktes Leben ich doch führe – erst jetzt fällt es mir auf.

Zuhause stellte ich sofort meinen Vater zur Rede. Ob er wusste, dass sein Opa Gründungsmitglied des Chores gewesen sei, fragte ich. Klar wusste er das. Warum er mir das bislang verheimlicht hatte, konnte ich nicht klären.

Aber mein Vater erinnerte sich. Als mein Uropa 50-jähriges Firmenjubiläum hatte, kam die gesamte Liedertafel, um ein Ständchen zu bringen. Der ganze Hof war voll. Mein Vater hatte seinen Opa auf den Boden geschickt, im Erker sollte er sich ans Fenster stellen und eine wohlklingende Rede halten. Ach, ich stellte es mir vor. So huldvoll wie der König von England mochte mein Uropa womöglich am offenen Fenster gestanden haben, um seinen Sangesbrüdern dankbar und wohlwollend zuzuwinken. Ich hab ein Prinzessinnen-Gen in mir, ich spürte es just in diesem Moment.

Das Lieblingslied des Uropas wusste mein Vater auch noch. »Ännchen von Tharau«. Ob ich das kennen würde, fragte er. Na klar. Ich ließ mich nicht lange bitten und trällerte drauflos. Leider kaum eine Strophe, da war es vorbei mit der Textsicherheit, so ein Ärger. Zuhause googelte ich das Lied – beim Birnensaftkochen. Und wer schmettert da schmachtend mit tiefer Stimme aus dem Lautsprecher in meiner Küche? Hannes Wader, der alte Barde. Und er singt so schön, dass ich auf Endlosschleife stelle. Mit so viel Liebe in der Küche wird das ein ganz besonders leckerer Saft, das steht fest.

Ach, was hätte ich alles verpasst, hätte Annette nicht gefragt, ob ich zu dem Konzert kommen wolle. Ich wüsste nicht, wie man Artischocken faltet, dass ich eine Art Prinzessin bin und dass Hannes Wader so viel Liebe in meine Küche bringen kann.

24

Der Truchsess und das Handy

Meine Freundin Sabine findet, ich hänge zu viel am Handy herum. Stimmt gar nicht. Ich nehme mein Mobiltelefon nur bei äußerster Notwendigkeit zur Hand. So wie heute Morgen. Uwe Janssen berichtet in der Lütjen Lage der Hannoverschen Allgemeinen, dass er die Verwaltung der Marienburg übernehmen und einen Truchsess einstellen wolle. Wissen Sie, was ein Truchsess ist? Ich wusste es nicht, griff also in meiner Not zum Handy und sah nach.

Aha, so ist das.

Noch gebannt mit dem Blick aufs Display kam zufällig gerade jetzt in einer WhatsApp-Gruppe eine neue Nachricht an. Petra hatte einen Artikel geschickt, der sich mit dem Frauenbild der fünfziger Jahre beschäftigte. Es ging darum, wie sich so ein Puttchen zu verhalten habe, um den Göttergatten bei Laune zu halten. Hausfrauenpflichten der Steinzeit also. Ich tippte spontan eine Ergänzung ins Handy, die sich so las: »*Erinnern Sie ihn freundlich daran, Ihr Gehalt pünktlich zu überweisen. Überlassen Sie ihm die freie Wahl, ob er sich am Feierabend oder doch lieber am Wochenende mit seinem Anteil an der Hausarbeit beteiligen möchte. Breiten Sie ein lustiges Würfelspiel auf dem staubfreien Stubentisch aus. Wer die meisten Sechsen würfelt, darf sich als Erster ein Haushalts- oder Gartengerät für*

*die anfallenden Arbeiten aussuchen. Und zeigen Sie sich
großzügig, wenn er gewinnt und sich wieder für den Rasen-
mäher entscheidet. Männer leiden recht häufig unter Insel-
begabungen und wissen oft gar nicht, wo sich die Anschalt-
vorrichtung des Staubsaugeapparates befindet ...«* und so
weiter. Ich kicherte still in mich hinein. Allerdings kamen
mir Zweifel, ob ich Apparat richtig buchstabiert hatte und
tippte mich zur Seite des Dudens. Anschließend wanderte
ich zurück zu WhatsApp und korrigierte meinen Fehler. Ich
war schon ganz neugierig, wie die anderen Gruppenmit-
glieder meinen Text kommentieren würden. Dabei fiel mir
ein, dass ich lange nicht bei Facebook vorbeigeschaut hatte,
um zu sehen, wie mein dortiger aktueller Text angekommen
war. Eine stattliche Anzahl hoher Daumen war dazu gekommen, ich freute mich. Und wo ich schon mal hier war,
sah ich mich ein wenig um. Aha, ein neues Kochvideo
hier, ein Toddler-Reel da, auf Englisch. Macht bei einem
Toddler keinen Unterschied, man versteht das Gebrabbel
ja sowieso nicht, aber trotzdem süß. Ach, und plötzlich
wurde mir noch ein Petitionsersuchen von Matthias Bro-
dowy angezeigt – weil ich ein guter Mensch bin. Doch! So
funktionieren die Algorithmen, so und nicht anders. Ich
klickte mich sofort zu der Petition. Einer Einrichtung für
schwerstbehinderte Kinder sollte die Förderung entzogen
werden, das galt es zu verhindern. Kaum hatte ich die Petition gezeichnet (oder heißt es unterzeichnet? Ich muss es
mal googeln), fand ich, dass es klug sei, schnell eine Lektion
bei Duolingo zu machen, um meinen Streak nicht zu ge-
fährden. Und dann sah ich, dass ein paar Mails eingegangen
waren. Jemand frug, ob die Probe unseres Improtheaters
stattfände. Ich antwortete prompt. Meine Krankenkasse

hatte mir einen Bericht geschickt, ich nahm es zur Kenntnis. Pinterest präsentierte mir neue Ideen – ich warf nur einen flüchtigen Blick darauf.

Mehr war nicht mehr möglich.

Mein Akku ging zur Neige.

Was war jetzt gleich ein Truchsess?

———————

25

Die Sache mit dem Sprungturm

Die Schwimmbadsaison ist verlängert bis Mitte Oktober.

Ich bin kein Warmduscher. Ich dusche nur gern warm. Ich lege mich nicht – wie mein Neffe – im tiefsten Winter in eine vollgefüllte Badewanne auf dem Hof und schaue zu, wie Eisblumen auf der Stahlemaille blühen und der Körper unter einer stetig dicker werdenden Eishaut verschwindet.

Aber Oktober. Hey, das ist erst Herbst. Wir erwarten noch Sonnenstrahlen und ich habe eine Zehnerkarte fürs Schwimmbad. Leute werden sich dafür ins Zeug gelegt haben, dass das Bad länger geöffnet haben darf.

Mein Sohn kommt mit zum Schwimmen. Vor dreißig Jahren kam das öfter vor. Inzwischen bin ich dreißig Jahre älter und katapultiere das Durchschnittsalter der Schwimmenden abrupt in die Höhe. Warum eigentlich? Wo sind denn die Schwimmomis, die Fitbleiberinnen, die das Wasser nicht Scheuenden. Kommen die alle morgens um sechs, um schnurgerade auf ihren durch Gewohnheitsrecht besetzten Bahnen durchs Wasser zu pflügen, und verschwinden dann wieder?

So läuft das im Schwimmbad nicht, jedenfalls dann nicht, wenn die Oktobersonne scheint, Vanilleeis auf Steinplatten tropft und der verlockende Duft von frittiertem Fett als verführerische Dunstglocke über dem Becken hängt.

Ich schwimme meine Bahnen, steige aus und sage zu meinem Sohn, wir könnten uns am Eingang treffen.

»Ja«, sagt er ruhig. »Können wir machen. Oder wir legen uns auf die Wiese, machen eine Pause und schwimmen dann nochmal.«

Okay, gar kein so ungewöhnlicher Gedanke. Eigentlich eher so wie früher, als die Kinder klein waren. Da sind wir ja auch nicht nur zehn Bahnen geschwommen und dann nach Hause gefahren. Mindestens gab es Pommes. Der Gedanke gefällt mir.

Wir legen uns auf eine Decke. Ich starre brillenlos und maulwurfsgleich in den schäfchenbewölkten Himmel und hänge meinen Gedanken nach.

Einmal. Es mag eben so dreißig Jahre her sein, da bin ich mit ein paar Jungs, vielleicht so elf, zwölf, dreizehn Jahre alt, ins Schwimmbad gefahren, in eines mit einem riesengroßen Sprungturm. Ich lächle selig, als ich mich daran erinnere. Damals standen wir ehrfürchtig vor dem in unermessliche Höhen ragenden Turm.

»Da springen wir runter!«, befanden die Halbstarken unisono. Ich nickte respektvoll, während ich darauf hoffte, die Jungs alle heil nach Hause bringen zu können.

Sie brauchten nicht lange zum Umziehen und standen todesmutig vor der Treppe zum Turm.

»Wir gehen jetzt springen«, verkündeten sie lauthals voller Sturm und Drang, um gleich danach zu fragen: »Kommst du mit?«

Äh, wohin? Zum Springen? Vom Zehnmeter-Brett? Ich antwortete nicht. Sie grinsten ziemlich frech. »Traust dich wohl nicht, was?«

Eigentlich wollte ich mich überhaupt nicht provozieren

lassen. Außerdem war ich schon vom Dreier gesprungen, als ich noch gar nicht richtig schwimmen konnte, unter den wachsamen Augen des Bademeisters, der meinen Mut bewunderte. Ich war gerade mal sechs Jahre alt. Und hey, ich war schließlich Fallschirmspringerin, zählt das nicht?

Nein, das war nicht aus zehn Metern und ich hatte jedes Mal – wie es der Name schon sagt – einen, nee, sogar zwei Fallschirme dabei. Da warf auch die Tatsache, dass es statt zehn Metern tausend Meter waren, nix in die Waagschale.

Die Jungs klatschten sich feixend auf die nackten Schenkel, als ich hinter ihnen die Turmtreppe erklomm. Auf keinen Fall wollte ich mir hier irgendeine Blöße geben. Oben angekommen stellten wir uns Seite an Seite am Rand auf, wie die sagenumwobenen Lemminge und sahen in die tiefe Tiefe, in den Abgrund, den nassen, alles verschluckenden Schlund.

»Du kannst zuerst«, kam nach einer Weile des Zögerns das großzügige Angebot der Jungs.

»Nö«, lehnte ich dankend ab. »Ihr könnt ruhig zuerst springen. Ich komme dann nach.«

Sie lachten laut, aber es klang etwas verkrampft, verschämt. Eher so ein Gibbeln, ein Gickeln, und es erinnerte mich an einen Gockel mit Übersprungshandlung. Statt sich auf einen Hahnenkampf einzulassen, fängt er an zu picken.

Sie legten nach: »Nee, spring du man. Oder traust du dich doch nicht?« Noch mehr Gackern. Ich antwortete nicht. Trat tapfer und trotzig, kühn und couragiert an den Rand, spürte den Beton unter meinen Füßen, die Zehen wackelten in der Luft. Sterben würde ich wohl nicht. Es musste schnell gehen, ich musste es kurz machen. Ich atmete tief ein und stieß mich ab.

Freier Fall. Ohne Fallschirm.

Ich knallte aufs Wasser.

Ging unter.

Mein Überlebensinstinkt wurde automatisch aktiviert. Ich kraulte und kraulte und kraulte mich wie eine fußlahme Nacktschnecke nach oben. Schnaufte wie ein lungenkranker Igel und schwamm mit der Geschwindigkeit eines Zwerg-Seepferdchens an den Beckenrand. Ich gönnte meinen Alveolen noch eine kurze Verschnaufpause, dann ließ ich sie Sauerstoff in mein Blut pumpen und gab mich vollkommen dem Stolz auf meine Kühnheit hin.

Ich schaute nach oben. Zehn Meter über mir standen die Jungs nebeneinander. Mit Brille hätte ich vermutlich das Bangen auf ihren Gesichtern gesehen.

»Los kommt!«, rief ich so laut, dass es alle im Schwimmbad hören konnten. Sie hielten Kriegsrat. Der dauerte nur einen kurzen Verschwörungsmoment.

Der Rückzug erfolgte gemeinsam.

Über die Treppe.

Heute liege ich hier vergnügt auf der Decke und schaue weiterhin maulwurfsgleich in den schäfchenbewölkten Himmel. Ich freue mich immer noch. Ein winziger Schritt ins nicht wirklich Ungewisse damals und ich war der neidlosen Anerkennung der Jungs auf Jahre gewiss. In ihrer Achtung war ich sehr gestiegen, zehn Meter vielleicht, ach Quatsch, tausend.

Es fällt mir schwer, mich aus den Erinnerungen zu lösen. Ein appetitlicher Duft hilft mir zurück in die Gegenwart. Ich drehe mich zur Seite.

»Willst du Kaffee und Pommes?«, fragt mein Lieblingssohn.

Ich greife fröhlich zu.

»Weißt du noch damals«, frage ich, »die Sache mit dem Sprungturm?«

Er rollt mit den Augen. »Es waren fünf Meter.«

»Nein zehn.«

»Fünf.«

»Stimmt ja gar nicht, zehn«, beharre ich.

»Ich glaub ich geh noch eine Runde schwimmen«, sagt er, der klüger Nachgebende.

»Ja, mach das«, rufe ich ihm hinterher. »Der Oktober ist bald vorbei, die Eisblumen knospen schon.«

Und dann lehne ich mich nochmal zurück, schließe die Augen und sehe einen ganz, ganz hohen Sprungturm vor mir.

Zehn Meter.

Ganz sicher.

Mindestens.

26

Erdbeerkaffee und die Folgen

Die Nachbarin meiner Oma hieß Frieda. Ab und an verreiste sie. Ich glaube nicht, dass die alte Dame nach Mallorca flog, eine Kreuzfahrt machte oder sich den Sekt auf Sylt schmecken ließ. Frieda reiste zu ihrem Sohn, wenn ich mich richtig erinnere. Sie pflegte ein Ritual, bevor sie abreiste. Sie brachte ihre kleine Wohnung auf Hochglanz. Wenn Frieda die Wohnungstür abschloss und den Koffer die Treppe herunterhievte, war oben unterm Dach bei ihr alles picobello. Wenn sie nach Hause kam, hatte sie es zwar sofort sauber und schön, aber in Wirklichkeit hatte Frieda andere Gründe für ihren Brauch.

»Das muss so sein«, erklärte sie mir mal. »Stell dir vor, mir passiert etwas, ich komme zum Beispiel ins Krankenhaus und jemand anders muss in meine Wohnung. Wo kämen wir denn hin, wenn es dann bei mir wie bei Hempels unterm Sofa aussähe?«

Bestimmt sah es bei Frieda nie wie bei Hempels unterm Sofa aus. Aber wenn sie verreiste, hätte ihre Wohnung für den Neckermann-Katalog fotografiert werden können. Ich fand das schön und nahm mir fortan ein Beispiel an Frieda. Wenn ich verreise, bringe ich auch meine Wohnung vorher auf Hochglanz. Mit Ausnahmen. Wenn ich meinen Sohn besuche, sause ich vorher nicht extra mit dem Staubsauger durch die Wohnung. Er wohnt in Hannover, und ich besuche ihn höchstens mal auf einen Kaffee.

Es gibt ja auch Menschen, die sich nicht nur Gedanken darüber machen, was ihnen im Urlaub passieren könnte. Nein, die rechnen tagtäglich mit Malheuren jedweder Art. Manche gehen so weit, dass sie sich bis zur untersten Schicht ihres Zwiebellooks sorgfältig kontrollieren. Die ziehen keinen Slip an, wenn die Naht sich löst, kein T-Shirt, das einen fliegenschissgroßen Fleck unterm Arm hat und keinen einzigen Socken, wenn er ein Loch in Stecknadelkopfgröße hat. Der Grund ist dem von Friedas Putzaktionen ähnlich. Was, wenn sie Hals über Kopf ins Krankenhaus müssten und dem Personal auf den ersten Blick Nachlässigkeiten ins Auge fielen?

Noch schlimmer finde ich es allerdings, wenn ein Eindruck erweckt würde, der so gar nicht der Wahrheit entspricht. Das hätte mir gestern passieren können. Das wäre sehr, sehr schnell gegangen. Hätte ich einen medizinischen Notfall erlitten und womöglich aus untersuchungstechnischen Gründen die Hosen herunterlassen müssen, wäre es ganz gewiss zu skeptischem Augenaufschlag und Naserümpfen gekommen.

Unberechenbares und Unvorhersehbares war passiert.

Ich habe mit Kindern gespielt. Fröhlich und leidenschaftlich. Nicht mit einem Kind, nicht mit zweien, sondern mit einer ganzen Horde. Wir sind gemeinsam über Stock und Stein über den Spielplatz getobt, um die Wette die Rutsche heruntergerutscht und haben Strickleitern erklommen.

Dann musste ich meinem Alter Tribut zollen und setzte mich erschöpft auf eine Bank. Die Kinder umlagerten mich, wollten mehr Toberei. Ich sagte, ich brauchte jetzt erstmal eine Pause und einen Kaffee. Schon stoben sie in den Sand-kasten und servierten mir den besten Kaffee, den man sich denken kann. Erdbeerkaffee war die leckerste Erfindung. Es folgte auch noch Eis in allen Variationen. Es dauerte eine Weile, aber dann geriet ich in die Kritik der Kinder. Ich müsse den Sand auch aus den Förmchen kippen. Ich ver-stand, anders konnte ich ja wohl kaum darstellen, dass ich den Kaffee auch getrunken hatte. Und dann gab es innerhalb weniger Sekunden eine Kettenreaktion. Ich weiß gar nicht genau, wer anfing. Zum Schutz der Kinder will ich mal alle Schuld auf mich nehmen. Ich schnipste etwas Sand aus mei-ner Kaffeetasse auf einen Kinderanorak. Prompt kam etwas Sand von dem Anorak-Kind zurück, und sofort solidarisier-ten sich ein paar der anderen Kinder. Wir lachten alle und ich schnippte noch mehr Sand in verschiedene Richtungen. Dann eskalierte die Situation zu meinen Lasten. Ich habe es nicht mitbekommen, die Kids mussten den Sand eimerweise angeschleppt haben. Ehe ich mich versah, landete mindes-tens ein Zentner Sand über mir. Ich schnappte nach Luft. Der Sand war überall. Und wenn ich überall sage, meine ich überall. Der Sand verfilzte in Mikrosekunden meine Haare, er kroch durch den geschlossenen Reißverschluss meiner Jacke, am Hals entlang unter Tuch, Pulli und Unterhemd, er kroch in die Schuhe und die Hosenbeine hinauf. Und ja, er verteilte sich in meinem vormals strahlend weißen Schlüpper und verfärbte ihn großflächig.

Und jetzt frage ich mich, was der erste Gedanke eines Arztes gewesen wäre, wenn der im Notfall einen Blick auf meinen Schlüpper erhascht hätte.

Und wie hätte ich das vermeiden können? Was wäre die richtige Prophylaxe gewesen? Was hätte Frieda mir geraten?

Ich hätte auf die Sandschlacht verzichten müssen.
Wollte ich das?
Um nix in der Welt!

———————

27

Der DUAL P 53 und das Weihnachtswunder

M anche Geschichten beginnen Weihnachten. So wie die mit dem Plattenspieler. Die begann vor mehr als fünfzig Jahren. Damals war verheirateten Frauen gerade erst die volle Geschäftsfähigkeit zugesprochen worden. Bis dahin durften sie lediglich kleinere Anschaffungen fürs alltägliche Familienleben tätigen.

Meine moderne Mutter nutzte das neue Recht sofort. Sie marschierte in einen Laden, kaufte einen Plattenspieler und schleppte ihn in einem riesengroßen Paket nach Hause. Irgendwie hinter ihrem Rücken verborgen. Es sollte eine Überraschung für die ganze Familie werden. Sie hatte es sich ausgemalt. Der Apparat steht unterm Tannenbaum, die Diamantnadel kratzt durch die Rillen, und weihnachtliche Chorgesänge wallen und wogen durch die Stube.

Mama weihte mich ein. Sie brauchte jemanden für die Installation, obwohl die um einiges einfacher war als heute die Bedienung einer Schreibtischlampe. Wir gingen die Sache termingerecht am Heiligen Abend an. Sehr konspirativ. Wir schlossen uns im Kinderzimmer ein und packten das Gerät aus, schoben den Karton zur Seite, öffneten den Deckel des Plattenspielers und suchten das Kabel. Meine kleine Schwester war mit uns im Zimmer. Die Gefahr, dass sie die Überraschung ausplaudern konnte, bestand nicht. Sie war zwei, sprach ihre eigene Sprache und freute sich, dass sie das Packpapier zerknüddeln durfte.

Das Kabel hatte sich in einem Fach an der Rückseite des Gerätes versteckt. Wir Pfiffigen fanden es fix. Vorsichtig prokelten wir es heraus, steckten den Stecker in die Dose und schalteten den Plattenspieler ein. Hopphei, die rote Kontrollleuchte leuchtete weihnachtshell. So ist das, wenn technisch versierte Frauen am Werk sind. Wir waren bannig stolz. Der heimliche Transport in die Stube wäre nun gar kein Problem gewesen, wenn, ja wenn nicht die Tür verschlossen und der Schlüssel verschwunden gewesen wäre. Ratlos sahen wir uns an und krochen vergeblich suchend über den Boden. Mir wurde ganz bang. Was, wenn wir die Bescherung zu dritt im Kinderzimmer verbringen müssten, wir ausgerechnet an Weihnachten von unserer Restfamilie – und vom Weihnachtsmann! - durch eine verschlossene Kinderzimmertür getrennt sein würden. Die Tränenrinnen meiner Unterlider füllten sich. Aber dann ging meiner Mutter ein Licht auf, ach, was sage ich, eine Wunderkerze voller Hoffnungsfunken entzündete sich und erleuchtete das ganze Zimmer. Mama hockte sich frohen Mutes vor meine kleine Schwester, zeigte auf die Tür und fragte, ob sie den Schlüssel abgezogen hätte. Meine Schwester nickte voller Stolz. Vermutlich hatte sie seit einer halben Stunde gehofft, dass sie endlich mal jemand fragte. Mamas Mundwinkel fuhren in die Höhe.

»Und weißt du noch, wo du ihn hingetan hast?«, fuhr sie freundlich fort.

Meine kleine Schwester nickte wieder voller Genugtuung und zeigte auf den großen, beinah leeren Karton. Etwas

zerknülltes Packpapier lag darin und mitten in dem Ge-
knülle – der Schlüssel.

Welch eine Erleichterung.

Der Plattenspieler stand nun tatsächlich pünktlich
unterm Christbaum und weihnachtliche Chorgesänge wog-
ten und wallten durch die Stube.

Ab dem Zeitpunkt war das Gerät unermüdlich im Ein-
satz. Für mich liefen Pop-, für meinen Bruder Rocksongs,
für unsere Eltern die westfälischen Nachtigallen und meine
Schwester, mein Sohn und meine Tochter lauschten alle
Jahre wieder Elliot dem Schmunzelmonster. In der Vorweih-
nachtszeit kam der Plattenspieler zum Kekse backen in die
Küche und wir sangen die Weihnachtslieder mit. Bekannte
und weniger bekannte. Zu letzteren gehörte »Es schneiet,
es beiet, es weht ein kühler Wind, kühler Wind, kühler
Wind, kühler Wind …«. Mit diesem Lied lernten wir, dass
Schallplatten mit einem Sprung in der Rille sich in einer Art
Endlosschleife verfingen.

Aber dann. Irgendwann. Da war die Zeit der Plattenspieler vorbei. Es gab Radios mit Kassettenrekorder, Stereo-
anlagen, CD-Player. Der Plattenspieler, der gute, einst heiß
geliebte, verstaubte auf dem Kleiderschrank.

Erst Jahre später kam die Plattenspieler-Renaissance. Ich
ließ mich infizieren und kraxelte voller Elan auf den Schrank
und kramte den Plattenspieler hervor. Ich zog ihm den
Staubmantel aus, steckte den Stecker in die Dose und legte
eine Platte auf. Ich badete in Nostalgie, als ich ein Video
der rotierenden, tönenden Platte in meinen Status stellte.
Die Reaktionen meiner Mit-Nostalgiker ließen nicht lange
auf sich warten. Heike schrieb, sie hätte die gleiche Platte
gehabt, Heidrun sogar den gleichen Plattenspieler. Frank

erinnerte sich an seine erste Schallplatte und Christoph berichtete stolz, wie er sein Grammophon fachmännisch repariert hatte. Irgendjemand behauptete, auf meinem Video ein Kratzen vernommen zu haben. Das mochte stimmen, war mir aber egal. Der Plattenspieler und ich verbrachten mit meinen alten Singles und Langspielplatten ein paar vergnügliche Monate.

Dann aber passierte es. Mitten in der Adventszeit leuchtete die weihnachtlich rote Kontrollleuchte plötzlich nicht mehr. Dem Plattenspieler war kein Mucks zu entlocken. Ich schmollte. Die Tränenrinnen meiner Unterlider füllten sich.

Was tun?

Zunächst wanderten meine hilfesuchenden Gedanken zu den technisch versierten Frauen, die ich kannte. Die erste, die mir in den Sinn kam, war ich selbst. Doch, ich hatte schon mal einen kaputten Kassettenrekorder auseinandergeschraubt. Sogar wieder zusammengeschraubt. Der ging dann zwar immer noch nicht, aber ein Gewinn war es trotzdem, ich hatte eine Schraube über. Als zweites dachte ich natürlich an meine Mutter. Schließlich hatten wir ja schon einmal gemeinsam diesem Plattenspieler das Leben eingehaucht. Aber jetzt wollte ich ihren arthritischen Händen keinen Schraubendreher mehr zumuten, und meine Schwester ist eher so die Kettensägenjongleurin, sie wollte ich wiederum dem Plattenspieler nicht zumuten. Dann dachte ich an Männer. An diesen und jenen, an all die Fähigkeiten, die diese Männer so mit sich brachten. Aber wem konnte ich den Plattenspieler anvertrauen? Keinem.

Sollte ich ihn etwa in ein Repair-Café schleppen und gegen einen Abholschein eintauschen? Ihn, der Jahre auf dem Kleiderschrank gefristet hatte und nun endlich wieder in weihnachtlich warmer Wohnstube stand. Wollte ich wirklich, dass er in kahlen Regalen neben Toastern und Bügeleisen stand? Nein, das hatte er nicht verdient. Ich drehte noch einmal an dem Anschalter. Nichts passierte. Kein Licht, kein Ton, kein Lebenszeichen.

Aber dann geschah das Weihnachtswunder.

Zufällig rief nämlich just in diesem Augenblick Jens an und ich erwähnte den Plattenspieler in einem Nebensatz.

»Der DUAL P53?«, fragte er kurz angebunden.

Ich zuckte mit den Schultern, was Jens natürlich nicht sehen konnte.

»Dein Plattenspieler? Das ist ein P53. Wenn der nicht angeht, ist die Sicherung durch«, ferndiagnostizierte er ein bisschen raubeinig und machte sich sofort auf den Weg. Eine halbe Stunde später war die Sicherung erneuert, das rote Lämpchen leuchtete und ich musste erkennen, dass der richtige Mann zur richtigen Zeit schon von ziemlichem Wert sein konnte.

Und was soll ich sagen? Jetzt, gerade jetzt ist wieder eine richtige Zeit und ich brauche wieder den richtigen Mann. Ja, ich erwarte ich wirklich sehnsüchtig. Er trägt einen roten Mantel, dicke Stiefel, eine warme Mütze und er hat einen langen, weißen Bart. Hat ihn schon jemand gesehen?

———

Sind Sie betrübt, weil das Buch schon zu Ende ist?
Dann schauen Sie doch mal in Kiepe und Koffer,
da finden Sie noch viel mehr Kapriolen.

»Kiepe voller Kapriolen« von Karen Sell
ISBN: 978-3-7526-1304-9

»Koffer voller Kapriolen« von Karen Sell
ISBN 978-3-7583-8587-2